모노톤 하트

밤산책가

Index

슈리쥴리 스크럼블

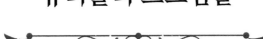

이시찬

슈리줄리 스크럼블

「연합회장님, 슈리줄리 지킴이가 회의장 입구를 막았습니다. 빨리 와보셔야 할 것 같아요.」

창문 바깥으로 떨어지는 노을. 사회문제연구회 회장의 밀고대로 비극은 찾아왔다. 심사에서 떨어졌으면 승복을 하든가, 아니면 불복 회생 절차를 밟을 것이지. 왜 광산시의 공동체들과 척을 지는 건지 모르겠다. 뭐, 말은 이렇게 하지만 대충 예상은 간다. 임팩트 있게 시위를 한 뒤, 저들이 발간하는 신문 일면에 실을 생각이겠지. '사회봉사를 그렇게 많이 한 슈리줄리 지킴이가 탄압받고 있습니다!' 그런 제목이려나? 아마 그들을 지지하는 단체에서는 박수를 보내줄 것이다. 대부분의 사람들은 야유하겠지만.

오늘은 광산시의 내로라하는 단체들이 연합회의 사업을 수립하는 날이다. 오늘이 아니면 다음 회의를 언제 열 수 있을지 모르기 때문에 무조건 성공시켜야 하는 회의. 슈리쥴리 지킴이가 믿는 뒷배라고 해봐야 국회의원 두셋 정도일 텐데, 정말 회의를 못 연다면 그들은 뒷감당을 할 수 없다. 내가 슈리쥴리 지킴이에서 탈퇴한 지 십 년이 지났는데, 그들은 그때나 지금이나 생각하는 것이 눈곱만큼도 성장하지 않았다. 뭐, 그들이 현명한 선택을 했으면 좋았겠지만, 별 기대는 안 했기에 이미 대책은 세워 두었다.

'이연….'

이연과의 인연을 생각하면 마음이 아픈 결정이다. 슈리쥴리 지킴이는 사회의 암 덩어리라고 생각하지만, 이연만큼은 그런 평에서 제외해 주고 싶다. 오랜만에 만나는 건데 끝나고 대화라도 잠깐 할수 있으면 좋겠다. 하지만 그런 일은 없겠지. 나는 오늘 나의 공동체를 지키기 위해 전력을 다할 생각이다. 마음이 아프다고 해도 그고통을 살필 생각은 없다. 아픔을 감수하고 나아간다. 이연과 따뜻한 대화 따위, 지금 나의 연합회 사람들에 비하면 전혀 중요하지 않다.

방석에서 새근새근 자고 있는 슈리쥴리, 해리를 조심스레 안아올렸다. 솜털같이 보드라운 털들이 은은한 검은 빛을 발산하며 내손에 감겨온다. 함께한 세월이 그렇지 않은 날보다 더 많아진 나의반려, 해리. 해리는 자다 일어났는지 뻐끔뻐끔 입을 움직였다. 귀엽기도 하지. 잠시 해리를 쓰다듬어 주다, 왼쪽 어깨 위에 그를 올렸다. 해리는 비몽사몽 해 하면서도 어깨를 꽉 움켜쥐었다.

"용용이 보러 가자."
나는 오늘, 슈리쥴리로 얽힌 과거의 망령과 싸우러 간다.

"검은색 슈리쥴리는 인성 폐급 아니냐?"
중학교 시절 처음 사귄 친구가 해리를 보자마자 했던 말이다. 나는 해리한테 사과하라며 한동안 옥신각신하다가 친구 얼굴에 코피를 내버렸다. 물론 남자들끼리 주먹질하는 거야 그리 드문 일은 아니다. 문제는 그 녀석이 자기가 코피가 났다는 사실이 쪽팔렸는지 주먹질은 쏙 뺀 채, 해리가 검은색 슈리쥴리라는 것만 온 학교에 소문낸 것이다. 그때부터 나를 향한 따돌림이 시작되었다.
슈리쥴리는 주인의 과잉 감정에 따라 색이 정해지는 인공 생명체다. 우울한 감정을 먹은 슈리쥴리는 파란색으로, 행복한 감정을 먹은 슈리쥴리는 노란색으로 물들어 가는 등, 주인의 감정에 따라 슈리쥴리의 색은 다양하게 발현한다. 해리의 색은 검은색을 기본으로 하여, 옅은 푸른 빛이 감도는 검푸른 색이었다. 색감도감에 의하면 검은색 뚝심과 파란색 우울이 나의 과잉 감정인데, 우울은 마음에 들지 않았어도 뚝심은 꽤나 좋아했다. 끝까지 포기하지 않고 자신이 믿는 바를 실천하는 말 아닌가? 하지만 뭐, 사람들이라는 게 으레 그렇듯 꼭 긍정적으로 바라보지는 않았다. 특히 어린 애들이니 더욱 그랬다. 검은색은 말이 안 통하는 인성 파탄자고, 파란색은 우울을 퍼뜨리는 암 덩어리다. 그렇게 말하고 다녔다.

그래도 해리를 버리겠다는 생각은 절대로 하지 않았다. 이렇게 귀엽고 사랑스러운 아이를 버린다니. 세상에서 가장 아름다운 연체동물인 블루드래곤을 연상시킬 정도로 화려하고 신비로운 분위기. 우파루파처럼 헤실헤실 웃는 표정과 몸을 뒤덮고 있는 보드라운 솜털. 심지어 해리의 성격은 무척이나 강아지 같아서, 내가 집에 돌아올 때마다 쪼르르 달려 나와 품에 안겨 왔다. 이런 사랑스러운 아이를 버린다니! 슈리쥴리를 유기하는 사람들은 도저히 이해할 수가 없다. 어차피 슈리쥴리 양육은 의무라서 또 분양받게 될텐데. 버려진 아이들만 불쌍한 것이다.

하지만 그거야 내 생각일 뿐. 아이들에게는 슈리쥴리의 색이 뭐 그리 중요했는지, 소문은 고등학교까지 따라왔다. 그간 나라고 가만히 있지는 않았지만, 어떤 노력을 해도 소문을 이길 수는 없었다. 슈리쥴리의 색이 어떻든 간에 내가 잘하면 사람들이 알아줄 것이라는 믿음은 꺾이기 직전이었다. 그 긴 시간을 버틸 수 있었던 것은 나의 유일한 친구, 해리 덕분이었다.

대학은 사회생활 직전인 지식인들이 모이는 곳이니, 나의 가치를 슈리쥴리의 색만으로 재단하는 어리석은 짓은 하지 않을 것이다. 하지만 아무래도 그동안 겪은 것이 있다 보니 해리의 색깔을 들키고 싶지는 않았다. 기숙사는 같은 학교 사람들이 너무 많이 사니까, 굳이 학교와 멀리 떨어진 곳에서 자취를 시작했다. 자취방 의자에 앉아 허벅지에서 뒹굴거리는 해리를 두고, 대학교 생활에서

주의해야 할 점을 쭉 적어보았다.

(1) 술자리는 가급적 모두 참석한다.
(2) 친해지기 전 술자리는 2차까지만 가라.
　　더 가면 없어 보인다.
(3) 날씨 이야기로 이야기를 시작하지 마라.
　　할 말 없을 때나 하는 말이다.
(4) 칭찬을 많이 해줘라.
(5) 이전과 달라진 점이 있다면 알아채고 말해 주어라.

　등등. 솔직하게 상대를 대한다고, 상대가 나를 사랑할 것이라 생각해서는 안 된다. 오히려 전략적으로 행동해야 사람들이 나를 사랑할 것이다. 처음에는 낮낮하게 웃고 이야기를 많이 들어주다가, 어느 정도 친해지면 조금씩 나의 모습을 보여주며 가까워져야지. 이걸 너무 늦게 깨달았다. 친구가 없어 매일 책만 읽었는데, 그곳에서는 이상적인 모습만 보여주니 세상을 너무 만만하게 보았다. 솔직하게 말하면 마음이 통한다니. 헛소리다. 이제 책으로 지어진 세계에서 나갈 시간이 되었다.
　"집 마음에 들어?"
　내가 말을 걸자, 해리는 책상 위로 폴짝 뛰어올랐다. 나는 해리를 꼬옥 안아 주었다. 해리에게는 미안한 마음이 있다. 이렇게 활동적이고 밝은 아이인데, 내가 주위 시선을 신경 쓰느라 산책 한 번 못 시켜주었다. 지금 생각하면 어차피 소문 다 난 중고등학생 때는 한 번 나가볼 법도 했는데, 괜히 소문이 더 커질까 봐 집 밖을 나가지도 못하게 했다. 그런데도 이렇게 애교를 부리는 모습을 보면, 고맙고 또 미안했다.

대학에 입학하고 일주일 정도가 지났을 때, 발표를 하게 되었다. 책을 읽고 철학과 관련된 주제를 선정해야 했는데, 나는 슈리쥴리의 색 변화 가능성과 차별을 철학과 연관 지어 보았다. 발표를 준비하는 동안, 나는 혹시 해리도 색을 바꿀 수 있지 않을까 상상의 나래를 펼쳤다. 바꾸기 위해서는 이전과 다른 감정을 오랫동안 다량 흡수시키면 된다는데, 내가 하루아침에 변할 가능성은 거의 없으니까, 가능성이 있다면 빨간색 정도겠구나 싶었다. 빨간색은 열정이냐 분노냐를 두고 의견이 분분하긴 하지만, 어쨌건 내 생활 습관으로 열정이라고 우길 수는 있을 것 같았다. 붉은색만 되어도 산책은 다닐 수 있으니 충분하다. 학교 공원에 있는 조각상에서 사진도 찍고, 개울가에서 물놀이도 하고…. 아! 해리는 슈리쥴리 다큐멘터리 보는 것도 좋아하니까, 영화관에 가는 것도 좋겠다. 물론 최소한 오 년은 걸리겠지만… 그래도.

하지만 세상에 맙소사. 괜한 망상에 빠져 있느라 발표 날 말도 안 되는 실수를 했다. 평소라면 집을 나설 때 해리가 잘 있는지 꼼꼼하게 확인하고 나왔을 텐데, 너무 들뜬 나머지 볼에 뽀뽀만 해주고 나온 것이 화근이 되었다. 입학한 지 일주일 동안 별일이 없어서 마음의 긴장이 풀어졌던 걸지도 모른다. 자세한 과정은 나도 잘 모르겠지만, 해리는 몰래 내 가방에 잠입하는 데 성공했다. 심지어 강의실에 들어가기 전 몰래 가방에서 탈출한 뒤, 발표 중에 다시 모습을 드러내는 치밀함까지 보였다. 발표 도중 강의실 한 가운데에서 등장한 해리. 나와 눈이 마주치자 꼬리를 흔들며 내 품으로 뛰어들었다. 그 모습을 본 동기들의 표정에 경악이 서리고…. 그렇게 이번에는 친구를 사귈 수 있지 않을까 싶었던 내 꿈은 바스러져 버렸다.

그렇다고 해서 해리를 탓할 수는 없었다. 그건 못된 주인들이나 하는 짓이다. 슈리쥴리의 색은 주인의 감정 상태에 따라 정해지는 것이니, 굳이 탓이 있다면 내가 좋은 먹이를 주지 못한 탓이지 해리에게는 아무런 잘못이 없다. 하지만 마음이 아픈 건 어쩔 수 없다. 나는 발표가 끝나자마자 집으로 돌아와 하루 종일 침대에서 눈물을 훔쳤다. 해리는 내 마음도 모르고 방 안을 발발거리며 깡충깡충 뛰어다녔다. 그래, 너는 어제 바깥 구경도 하고 좋았겠지. 에휴. 그래, 다 내가 부덕한 탓이다. 부덕한 탓…. 나는 괜히 해리를 쓰다듬었다. 해리를 쓰다듬다 보면 마음이 편안해진다. 과잉 감정을 먹는 것은 주인이 잘 때뿐일 텐데.

손가락 사이로 삐져나오는 해리의 털을 볼 때면 이따금 의아했다. 나는 내가 친구도 못 사귀고 찌질찌질대고 있으니까, 해리의 색이 변한다면 파란 쪽으로 변하지 않을까 싶었다. 하지만 해리는 시간이 갈수록 점점 검은색에 가까워지고 있다. 고등학교 이 학년 정도까지는 푸른빛이 늘어가던 것 같은데…. 마음이 나도 모르는 방식으로 움직이고 있는 게 틀림없었다. 하지만 뭘까? 왜 검은색으로 변하고 있는 걸까? 독립심? 자립심? 자기 폐쇄성? 사회성 결여? 눈치 없음? 나는 알 수가 없었다.

「오늘 저녁 같이 먹을래?」

아, 또 메시지 왔다.

사실 해리 탈출 사건 이후 매일 메시지가 오고 있다. 이름이… 여이연? 누구인지는 잘 모르겠다. 첫날에는 괜찮냐고 물어보더니 다음날에는 친해지고 싶다고 말하고, 또 같이 밥 먹자고 말하고…. 탈출 사건이 월요일이었는데 목요일인 오늘까지 매일 아침 아홉 시에 보내는 걸 보니, 영락없는 스팸 메시지다. 그게 아니라면 이렇게 똑같은 시간에 올 리가 없지. 아마 메시지를 클릭하면 핸드폰이 자동으로 해킹당할 것이다. 나는 그런 얕은수에 속아 넘어가지 않는다.

이러니저러니 해도 학교생활이 그렇게 크게 바뀐 것은 없었다. 수업이 끝나면 바로 자취방으로 가니, 따돌림 시키는 아이들과 하루 종일 함께 있어야 했던 중고등학교와는 다르게 따돌림을 당한다는 기분도 잘 느껴지지 않았다. 나중에 전공 필수 과목이 늘어나면 또 모르겠지만, 적어도 당장은 괜찮다. 차라리 시간표가 빡빡한 게 더 큰 문제라고 생각될 정도로 말이다.

금요일에는 학과 행사가 많다는 인터넷 조언에 따라 금 공강을 만들다 보니, 화요일 목요일에 수업이 몰렸다. 해리가 수강 정정 기간이 끝나기 전에 탈출했다면, 차라리 금 공강을 포기하고 좀 여유 있게 수업을 들었을 텐데. 목요일 마지막 강의가 끝나면 기운이 하나도 없다. 심지어 대부분 교양 수업이라, 관심도 없는 분야를 억지로 들어야 하는 게 무척 고역이다. 슈리쥴리 학과 같은 것이 있으면 좋았을 텐데. 혼자 투덜거리며 비척비척 가방을 챙기고 있을 때, 내 어깨를 툭툭 치는 손길이 있다.

"강해찬."

내 이름. 나는 의아해하며 고개를 돌렸다. 교양 수업에서 나를 아는 사람이 있나? 학과 친구들부터 친해져야 한다는 생각에 따로 뭔가 하지는 않았던 것 같은데. 내 눈에 비친 모습 역시 기억에 없는 얼굴이다. 심지어 여자. 남중 남고를 나온 내게는 익숙지 못한 상황이다.

"아, 네."

그래서인지 멍청하게 대답해 버렸다. '네'라니. 나는 정신을 차리려 고개를 휘휘 저은 후 다시 상대를 보았다. 그녀는 여전히 나를 빤히 쳐다보고 있었다.

"왜 메시지에 답장 안 해?"

"메시지요?"

"왜 말은 또 존댓말이야?"

상대는 나를 잘 안다는 듯이 말하는데, 나는 전혀 기억이 없다. 개인 메시지까지 주고받는 친구는 내 인생을 통틀어도 없는데⋯. 솔직하게 누구냐고 물어봐야 할까. 아니면 일단 얼버무리고 휴대폰 기록이라도 뒤져봐야 하나. 고민하고 있는데, 상대가 다시 말한다.

"너 설마⋯ 나 기억 못해?"

"아아아… 응? 어?"

"나 이연이야. 여이연…. 우리 오티에서도 같은 조였고, 개강 총회에서 말도 놨는데….."

이럴 수가. 점입가경이다. 대화할수록 무슨 상황인지 알 수가 없다. 오티 조라고 해 봤자 다섯 명 정도라 기억날 법도 한데, 전혀 모르겠다. 말을 놓은 것도 오티 뒷풀이에서 다 같이 한 건데, 되게 특별한 일인 것처럼 말하니까 뭐라 말해야 할지도 잘 모르겠다. 한창 머리를 굴리고 있으니, 상대가 다시 말을 걸었다.

"괜찮아. 기억 못 할 수도 있지."

"아아니 아니야! 알지! 이연이잖아! 여이연!"

머리를 굴린 보람이 있었다. 다행히 아슬아슬하게 기억해 낼 수 있었다. 오티나 개강총회는 잘 모르겠지만, 오늘 아침에도 메시지를 보냈던 그 이름. 이렇게 말했는데 틀린 거면 큰일이지만…. 다행히 정답인 것 같았다.

"다행이다. 기억하고 있었구나. 그런데 왜 답장은 안 했어?"

"어…."

모르는 번호라서 답장을 안 했어. 그렇게 말할 수는 없다. 기억하는 것처럼 말했는데 이제 와서 그렇게 말하면 거짓말이 들통나 버린다. 적당히 둘러댈 말을 찾다가, 해리 탈출 사건 이야기를 했다. 이연도 동기니까 그 현장에 있었겠지. 이연은 고개를 두어 번 끄덕이곤 말했다.

"그렇지. 아무래도 그런 일이 있었으니까…."

"그렇지?"

"그럼 같이 카페나 가자. 내가 원래 저녁을 안 먹어서."

"어?"

 오늘 어 라는 말을 정말 많이 하는 것 같다. 하지만 정말로 익숙하지 않은 일의 연속이다. 여즉 사람들에게 다가가기만 해 보았지, 누군가가 먼저 다가온 것은 처음이다. 나는 얼떨떨해하면서도 이연을 따라나섰다.

 룸카페는 처음이었다. 아니, 카페 자체가 처음이었다. 고등학생 때야 평일에는 학교에서 밤 열한시까지 공부를 하고, 주말에는 집에서 책을 읽으니, 카페에 갈 일이 없었다. 그래서 대학생은 카페를 자주 간다는 말에 미리 예습도 해 두었다. 에스프레소를 시켰다가 봉변당했다는 썰은 자주 보았으니까, 가장 사람들이 많이 시킨다는 아이스 아메리카노를 주문했다. 다른 것들은 전부 오 천 원이 넘어서 시키기 부담스럽기도 했다. 다음에는 어떻게 해야 하는지 몰라 뒤로 슬쩍 빠져 있으니, 이연이 앞장서서 방으로 들어갔다.
"좀 지낼 만해? 그런 일도 있었는데."
"아, 뭐…. 그냥 그렇지 뭐."
"네 슈리줄리 되게 귀엽더라. 활기차고."
 막상 룸카페에 앉고 나니 어떻게 해야 할지 잘 감이 잡히지 않았다. 진동벨이 울리면 음료를 가지러 가야 한다고 했다. 하지만 그럼 대화의 흐름이 한 번 끊길 텐데, 괜찮나? 대화는 흐름이 중요하다고 들었는데. 계속 진동벨이 신경 쓰였다. 게다가 이연이 왜 이런 것을 묻는지도 모르겠다. 안부 인사일까? 원래 이렇게 길게 하나? 슈리줄리 이야기부터 수업은 들을 만한지, 좋아하는 게 뭔지 호구 조사하듯 묻는 게 안부 인사는 아닐 텐데. 나는 안절부절못하다, 진동벨이 울리는 순간 자리에서 벌떡 일어났다.

"내가 가져올게!"

"응. 고마워."

이연은 생글생글 웃으며 말했다. 나는 룸에서 나오고 나서야 숨을 몰아쉬었다. 아, 나 숨 막혀 하고 있었구나. 활발한 사람이랑 독대하면 기가 빨리는 사람이 있다는데, 그게 나인 걸까? 음료를 들고 방 앞에서 잠깐 서성였다. 안이 보이지 않으니 이연이 뭘 하고 있는지 알 수가 없다. 물론 본다고 이연의 속을 알 수는 없겠지만….

문을 열고 들어가니 이연이 카드 뭉치를 하나 꺼내 읽고 있었다. 작은 이연의 손바닥보다 더 작은 카드. 이연은 나를 바라보며 말했다.

"가져다줘서 고마워."

"아, 응."

"처음 보는 사람이랑은 이런 게임 하면 좋다던데, 어때?"

이연의 말은 따라가기가 어려웠다. 게임을 하면 친해지긴 하지. 그런데 내가 할 말은 아니지만, 조금 전까지 대화도 잘하고 있었는데 굳이? 아니면 처음부터 게임을 하고 싶어서 말을 건 걸까? 아니면 원래 처음 볼 때는 게임을 하는 것이 평범한 건가? 이런 적이 처음이라 아무것도 알 수가 없다. 그럼 일단 말한 대로 따라가 봐야지.

"그래. 무슨 게임인데?"

"음, 어려운 건 아니고. 돌아가면서 여기 카드를 뽑아서 나온 주제에 대해 서로 말하면 돼. 쉽지?"

이연은 그렇게 말하며 맨 위에 있던 카드를 한 장 뽑아서 보여주었다. 쓰여있는 문구는 '슈리쥴리에 대해 이야기하세요.' 카드를 확인한 이연이 말했다.

"슈리쥴리라…. 내 슈리쥴리 이름은 용용이야. 되게 고양이 같아."

이연은 처음 슈리쥴리가 부화한 날 있었던 일화를 이야기해 주었다. 분명 알을 안고 잤는데, 일어나니 알껍데기만 남은 채 슈리쥴리가 사라져 있었다고. 깜짝 놀라 학교 가는 것도 잊고 집 안 구석구석을 뒤졌는데, 결국 옷장 위에서 발견되었다는 것이다.

"그땐 정말 큰 일 난 줄 알았다니까. 그 후로도 가만 보니까 고양이랑 하는 짓이 똑같더라구. 따뜻한데 좋아하고, 맨날 자고…."

"귀엽겠다."

나는 무슨 말을 해야 할지 몰라서 최대한 공감을 표시하려 노력했다. 잘하고 있는 건지는 모르겠지만, 어쨌든. 이윽고 이연은 내게 질문을 돌렸다.

"네 슈리쥴리는 어때?"

"아, 뽑은 사람이 아니라 양쪽 다 말해야 하는 거야?"

"응. 나도 말해 줬잖아."

나는 해리에 대한 이야기를 시작했다. 처음 보았을 때 정말 귀여워 보였다는 것부터, 매일 어떻게 놀았는지. 이야기하다 보니 거의 다 논 이야기밖에 없었다. 해리는 아무래도 강아지 같다 보니 체력을 써서 노는 일이 많았다. 집 구석구석을 빨빨 돌아다니며 잡고 잡히고…. 물론 가만히 있는 해리에게 일부러 장난을 걸기도 했다. 나도 놀고 싶은데 놀 사람이 없었으니까.

"그렇구나. 이름이 해리야?"

"응. 내가 해찬. 얘가 해리."

"와. 돌림자로 지어줬구나."

"그렇지. 아무래도 가족이니까."

내 말에 이연은 만족했다는 듯 고개를 끄덕였다. 다음은 내 차례. 카드를 한 장 뽑고 그 주제에 관해 이야기했다. 서로 돌아가며 한참 이야기하다 보니 카드는 금세 줄었다. 질문은 연애 경험이나 친한 친구처럼 가벼운 주제도 있었지만, 가장 힘들었던 경험이나 싫어하는 사람에 대한 것처럼 무거운 주제도 있었다. 대화하면서 궁금했던 건, 굳이 카드 게임으로 대화하는 이유를 모르겠다는 것이다. 이연은 말도 잘하니까, 그냥 의식의 흐름에 따라 이야기해도 될 텐데. 어느새 마지막 카드 차례가 되었다.

"너는 어떻게 그렇게 사람들에게 다가갈 수 있어?"

이전과는 확연히 다른 질문이었다. '너'라니…. 양측 모두가 이야기해야 했던 이전 주제들과는 달리, 처음부터 내게만 물어보는 질문. 내가 고개를 갸웃거리며 이연을 보자, 이연은 씨익 웃으며 말했다.

"그냥, 내가 궁금해서."

"질문을 잘 모르겠어."

"너는 늘 아이들에게 먼저 다가가잖아. 그리고 실수해도 그걸 고치고 다시 친해지려고 노력해. 어떻게 그렇게 할 수 있어?"

나는 이연의 말에 조금 놀랐다. 내가 늘 생각하고 행동했던 부분이기 때문이다. 조금 실수가 있더라도 솔직하게 다가간다면 언젠가 통하는 날이 온다는 믿음. 대학에 와서 그런 환상은 버리겠다고 마음먹었지만, 막상 사람을 눈앞에 두면 다시 희망을 품을 때도 많았다. 의식적이든 무의식적이든 나는 늘 그렇게 살고 있긴 했지만, 남에게 이런 말을 들은 것은 처음이었다.

"어떻게 알았어?"

"어떻게 알긴. 그렇게 티가 나는데."

티가 났구나…. 하긴, 그런 말을 해 줄 친구가 없긴 했다. 자기계발서에서 말하길 사람이 간절해 보일수록 사람들은 더 무시한다고 했는데. 어쩌면 나도 그렇게 보이고 있었을지도 모르겠다.

"그래서, 어떻게 그렇게 할 수 있는 거야? 알려줘."

"어떻게 했냐고 해도…. 그냥 매번 최선을 다하는 거야. 나중에 후회가 남지 않도록."

"후회라…. 그렇게 하면 후회가 안 들어?"

이연의 말에 나는 다시 생각해 보았다. 후회라. 생각해 본 적이 없다. 그럼 후회는 안 한 게 아닐까? 결과가 좋았던 적이 없긴 했지만, 후회한 적은 없었다. 다음이라도, 내년이라도 또 좋아질 수 있다고 생각했으니까. 대학에 오면서도 이제 전략적으로 친구를 만들겠다고 생각했지, 친구 만들기를 포기한다고 생각하지는 않았다.

"그렇구나…."

내 말을 들은 이연은 고개를 끄덕였다. 대답이 잘 된 건지 모르겠다. 이연은 왜 이걸 나에게 물어보는 걸까? 내가 사람들에게 다가간다는 것을 알아챌 정도라면, 대학에서 내가 사귄 친구가 없다는 것도 당연히 알 것이다. 그럼 내 말이 그다지 도움이 되지 않을 걸 알고 있을 텐데. 나는 그 점이 조금 찜찜했다.

"그럼 너는?"

"어어어어?"

처음으로 이연이 당황했다. 너무 크게 당황해서 내가 더 놀랄 정도였다. 나는 천천히 다시 물었다.

"너도 오늘 나에게 직접 와서 말을 걸고, 카페에 가자고 하고, 이런 카드도 준비하고…. 정말 제대로 준비해서 다가왔잖아. 어떻게 그럴 수 있는 거야?"

"으으으음…. 이렇게 물어볼 거라곤 예상 못 했는데…."

이연은 대답하기 전에 자기가 준비한 것이 있으니 조금만 있다가 답변해도 되겠냐고 물었다. 나는 왜 그러는지는 모르겠지만 일단 알았다고 했다. 그러자 이연은 가방을 열어 양손 가득 큰 생명체를 집어 들었다.

그것은, 슈리쥴리. 검푸른색.

"얘가 용용이야. 어때?"

"아, 응…. 귀엽네."

입은 조용하게 움직이고 있지만 속으로는 적잖이 놀랐다. 검푸른 슈리쥴리를 데리고 나오다니, 괜찮은 건가? 사실 내가 아니라 이연이 세상을 잘 모르는 걸까? 역시 매일 똑같은 시간에 문자를 보내고, 다짜고짜 룸카페로 데려오고, 게임을 하자며 카드를 들이밀고 하는 것이 이상한 일인 거지?

나는 조심스럽게 물었다.

"그런데 이렇게 데리고 나와도 돼?"

"안 되지. 무슨 일이 생길 줄 알고."

당연하다는 듯 말하는 이연의 답변에 다시 한번 놀랐다. 위험하다는 것을 알면서도 데리고 나오다니. 나는 알았으니까 어서 다시 가방에 넣으라고 손사래를 쳤다. 이연은 조금 더 봐도 된다고 하면서도 순순히 용용이를 가방에 넣었다. 그제야 조금 안도가 되었다.

"어때? 해리랑 비슷하지 않아?"

"어…. 그렇긴 하네."

사실 해리랑 비슷한 색이라고 하기에는 애매했다. 같은 검푸른색이더라도 푸른색과 검은색의 비율이 다르다. 해리는 검은색의 비율이 압도적으로 높은 반면, 용용이는 푸른색의 비율이 훨씬 높다.

"아무튼. 네 해리를 보고 비슷하다 싶어서. 그래서 친해지고 싶어서."

"아아, 그래…."

이제야 왜 이연이 내게 다가왔는지 알았다. 터부시되는 색끼리 잘 지내보자, 그런 건가 보다. 아무리 그래도 그렇지, 이렇게 직접 데리고 올 필요는 없는데. 하지만 이연은 자신만 보는 건 불공평하다며 단호히 고개를 저었다.

"그리고 난 검은색 슈리쥴리도 좋아하거든."

"그래? 보통 사회성 부족이라고 하지 않아?"

"우리 아버지가 검은색이셔서."

"앗…."

순식간에 할 말이 없어졌다. 치사하게 아버지 이야기를 하다니…. 이연은 보여줄 것이 아직 남았는지, 수첩 하나를 내밀었다.

"이거."

"어?"

"물어봤잖아. 나도 잘 다가가는 거 아니냐고. 한 번 열어봐."

처음 만났을 때의 위화감이 다시 한번 느껴졌다. 말과 행동의 의미는 잘 모르겠는데, 뭐라고 할 정도는 아니어서 딱히 할 말이 없는, 그런 거. 이번에도 나는 순순히 수첩을 열었다. 첫 페이지에는 '강해찬'이라고 쓰여 있었다. 그리고 그 아래로, 긴 알고리즘이 쓰여 있었다.

> 목요일 수업이 끝나고 카페를 제안한다. (거절할 경우 A로, 허락할 경우 B로) → B. 카페에 들어간 이후 자연스러운 대화를 이끌어 내다가 카드 게임을 유도한다. (대화 흐름은 42페이지 참조. 성공했을 경우 A로, 실패했을 경우 B로) → A. 카드 질문에 따라 다음의 모범 답안을 말하시오. 그리고 해찬의 예상 답변과 답변에 대한 질문을 참고하시오. ….

페이지를 넘겨보니 카드에 적힌 질문들에 대한 자신의 답은 물론, 내가 답할 것으로 예상되는 답변까지 빼곡하게 적혀 있다. 심지어 실제로 내가 했던 답과 꽤나 비슷했다. 수첩을 보여준 이연이 부끄럽다는 듯 눈을 돌리며 말했다.

"사실…. 나도 사람을 잘 못 대하거든. 그래도 너한텐 잘 보이고 싶어서 준비 좀 했어."

이십 페이지에 달하는 시나리오를 스윽 훑어보고, 이연을 다시 보았다. 조금 소름 돋기도 하지만, 그렇게 말하면 이연이 상처받을

지도 모른다. 상처받지 않게 하려면, 음, 그래, 칭찬. 칭찬을 해주면 된다.

"대단한데? 심지어 꽤나 정확하게 맞혔잖아?"

"그치? 내가 이걸 준비하려고 얼마나 노력했는데!"

이연이 눈을 빛내며 말했다. 그래도 계속 이러지는 않았으면 좋겠는데. 본인이 힘든 것도 힘든 거지만, 다른 사람들이 보면 정말 소름 끼쳐 할 것이다. 게다가 아무렇지도 않게 보여주기까지 하니 걱정이 된다. 어떻게 해야 이연에게 상처 주지 않고 말할 수 있을까?

"그런데 이런 건 왜 준비한 거야?"

"어?"

"준비 안 해도 말 잘할 것 같은데."

"아니야. 원래는 사람 앞에서 말도 잘 못하는걸."

"하지만 봐봐."

나는 수첩을 펴서 수첩과 다른 상황에 직면했을 때 이연이 했던 말을 하나하나 짚어주었다. 이때 예상이 빗나갔는데, 너는 이렇게 말해서 잘 풀어갔잖아. 이땐 예상은 맞았는데 네가 다음 할 질문을 못 했잖아? 그래도 대화는 잘 이어졌고…. 그렇게 하나하나 짚어주자, 이연은 잠자코 고개를 끄덕였다. 내 설명이 끝나자, 이연은 고개를 확 들었다.

"너, 진짜 기억력 좋구나…."

"아니 뭐, 좋다기보단…."

이런 특이한 상황이면 기억에 잘 남지. 하지만 이렇게 말하는 것도 그만둔다. 사실 지금도 이미 이연에게 이래라저래라한 것 같아서 조금 양심에 찔린다. 하지만 이건 이연을 위해서라도 잡아줘야 할 것 같았다.

"하지만 나, 이런 거 준비 안 하면 사람이랑 이야기를 잘 못하겠어."

"에이, 이연은 예쁘니까 웬만하면 사람들이 다 맞춰 줄 거야."

말을 하고 아차 했다. 이건 완전한 미스다. 예쁘다는 말은 사람을 평가하는 말이라서, 칭찬 중에서도 예외적으로 하면 안 되는 말이었는데. 나는 이연의 눈치를 슬쩍 봤다. 하지만 내 예상과는 달리 이연은 눈을 반짝반짝 빛내고 있었다.

"정말? 나 예뻐?"

"응? 어, 그렇지….."

"나 그런 말 처음 들어봐….."

다행히 이연의 기분이 상하지는 않은 것 같았다. 사실 이연이 정말로 예쁜가…에 대해서는 다음에 다시 생각을 해봐야겠다고 생각하긴 했지만, 뭐 그래도 딱 봤을 때 느낌이 예쁜 느낌이니까. 거짓말은 아니다. 이연은 어디가 이쁜지 꼬치꼬치 물었고, 나는 눈이 커서 예쁘다고, 피부가 좋아서 예쁘다고, 얼굴이 작아서 예쁘다고 말했다. 일단 최대한 노력과 관계없이 불변하는 부분들로 말을 했다. 말라서 예쁘다든가 하면 집착적 다이어트에 시달릴 수 있다고, 책에서 그랬으니까….. 그렇게 한참 동안 이야기하다가, 나는 문득 떠오른 생각을 말했다.

"봐. 지금도 예상 못 한 상황인데 되게 잘 대화하고 있잖아."

"어? 그렇네?"

"그러니까, 앞으로도 계속 이렇게 대화하는 연습을 해 보자."

이연은 웃으며 알았다고 말했다. 앞으로 함께 점심을 먹기로 약속하면서도, 나는 마음 한켠이 찜찜했다. 이렇게 예쁜 애가 왜 대화를 어려워할까? 어렸을 때부터 주변에서 다들 잘 대해주었을 텐데. 예쁘다는 말은 왜 못 들어봤을까.

그날 이후, 나와 이연은 시간을 함께 보냈다. 전공필수 시간에는 나와 가까이 있는 모습을 보여서 좋을 것이 없으니 떨어져서 앉았지만, 그 외 시간에는 옆자리에 앉아 함께 수업을 들었다. 이연은 칭찬 듣는 것을 좋아했다. 나는 이연이 잘한 게 있다면 설령 작은 일이더라도 꼭 칭찬해 주었다. 머리가 잘 된 날이나, 화장이 잘 먹은 날이나, 옷이 예쁜 날 같은 것들 말이다. 그러다 보니 점차 이연의 외관이 맵시 있게 변해갔다. 가장 먼저 변화한 것은 패션이었다. 원피스에 구두, 청바지에 흰 티같이 무난한 패션은 물론 베레모에 멜빵바지, 테니스 스커트에 분홍 셔츠처럼 컨셉풀한 패션까지 소화해 내기 시작했다. 패션에 맞춰 머리와 화장도 어울리게 꾸미니, 이연은 정말 예뻤다. 그러다 문득, 내 칭찬이 이연에게 독이 되고 있지는 않을지 걱정되었다. 예쁘다는 말은 이연을 기분 좋게 해주지만, 당장 대학생인 이연에게는 더 중요한 것들이 많을 텐데.
　그런 생각이 든 이후부터는 칭찬의 내용을 바꾸었다. 필기를 잘

했다고 칭찬해 주고, 글씨가 예쁘다고 칭찬해 주고. 수업 시간에 지각하지 않은 것도, 아침밥을 잘 챙겨 먹거나 일찍 잠에 든 것도 하나하나 칭찬해 주었다. 그렇게 개나리가 피었다 지고 벚꽃이 떨어지기 시작할 때까지, 이연은 처음 모습과 비교할 수 없을 정도로 빠르게 변해갔다.

"나, 오늘도 번호 따였어."

"그래? 줬어?"

"아니! 무섭잖아. 모르는 사람한테 개인정보 주는 거."

내게 다짜고짜 메시지를 보냈던 이연이 저렇게 말하는 것만 해도 장족의 발전이다. 사실 처음에는 신나서 번호를 막 주더니 어떤 사람이 문자로 어디냐 묻고 강의실까지 쫓아온 이후로는 사람을 가리기 시작했다. 내가 이걸 어떻게 아냐면, 수업이 끝나고 나오던 중 낯선 남자가 내게 다가와, 이연과의 관계를 캐물었기 때문이다. 나는 그냥 친구라고 말했지만, 그는 듣지 않았다. 말해도 믿지 않을 거면 왜 물어본 건지 모르겠는데, 아무튼. 그 후로 이연은 다른 사람에게 번호를 주지 않게 되었다. 나는 잘했다고 칭찬해 주었다.

"그러고 보니 이연. 처음에 메시지는 왜 그렇게 띄엄띄엄 보낸 거야?"

"으음. 계속 같은 시간에 보내다가 어느 하루에 딱 안 보내면 그 사람이 신경 쓰인다길래."

"뭐야 그게. 그거 꼬시는 방법 아니야?"

"그런 거라고 할 수 있지. 뭐 어때? 신경 쓰이게만 하면 되는 거지."

나는 굳이 그 말을 신경 쓰지 않으려 했다. 대화만 보면 이연이 혹시 나를 좋아했던 걸까 생각이 들 수도 있지만, 아무리 생각해도 그럴만한 요인이 없다. 좋아하는 것도 좋아할 만한 이유가 있어야지. 그게 아니더라도 남중남고를 나온 사람이 대학에 들어와 가장 많이 하는 착각이 호의를 호감으로 받아들이는 것이라고 했다. 괜히 이상한 생각을 했다가 이연과의 사이가 멀어지고 싶지는 않았다.

같이 점심을 먹자는 이연의 제안. 당연히 학교에 나오는 날에만 그러는 줄 알았는데 금요일이고 주말이고 전부 포함이라며 나를 데리고 여기저기 쏘다녔다. 이연은 대학에 오면 하고 싶은 것이 많았다고 한다. 술도 마시고, 노래방도 가고, 방 탈출도 가고, 볼링도 치고…. 그리고 클럽도 가고.

"왜? 춤만 추고 올 거라니까? 나, 춤 연습도 했어."

"그렇긴 한데…. 거긴 위험해. 누가 너 잡아가기라도 하면 어쩌려고?"

나도 클럽에 가본 적은 없어서 잘 모르지만 뉴스에서 보았던 범죄들을 말해주며 이연을 말렸다. 남자애면 보내겠는데, 아무래도 여자애다 보니까…. 친한 언니가 생겼을 때 같이 가보라고 말하자 이연은 잔뜩 풀 죽어 했다. 친구가 나밖에 없다나. 나는 지금이라면 누구든 이연과 친구가 되고 싶어 할 것이라고 말했다. 예쁘고, 패션 센스도 좋고, 대화도 잘 통하고, 말도 예쁘게 하고…. 그렇게 칭찬을 죽 늘어 놓자 이연도 입꼬리를 올리고 히히 웃었다.

우리는 종종 해리와 용용이를 데리고 룸카페에서 놀곤 했다. 처음에 갔던 룸카페는 굉장히 좁았는데, 잘 찾아보니 꽤 큰 곳도 많았다. 그곳에 용용이와 해리를 풀어놓으면 서로 뒤섞이며 잘 놀았다. 처음에는 용용이가 해리를 피하더니, 해리의 꾸준한 관심 요구가 통한 건지 요즘에는 용용이도 적당히 어울려 주는 것 같다. 우리는 화면에 영화를 틀어 놓곤 한참 동안 두 슈리쥴리가 아웅다웅하는 모습을 지켜보곤 했다.

"이연. 너는 슈리쥴리 좋아해?"

"응? 당연하지. 완전 귀엽잖아."

"다른 이유는 없어?"

이연은 잠시 무언가를 곰곰이 생각하는 듯하다가, 없는데, 하고 한 마디 툭 뱉었다. 하긴, 슈리쥴리가 처음 개발되었을 때 선풍적인 인기를 끈 것도 귀여운 외모 덕이었으니까. 심리적 효능이 알려지며 조금 묻힌 감은 있지만, 여전히 어린 아이들은 예쁘다는 이유만으로 슈리쥴리를 좋아하곤 한다. 나는 이연에게 말했다.

"나는 슈리쥴리에 관심이 많아."

"응. 그런 것 같아. 나한테보다 더 많은 것 같던데?"

"그래 보여?"

"응. 슈리쥴리 이야기할 때 제일 행복해 보이더라?"

나는 가끔씩 이연의 말에 뭐라 대답해야 할지 몰랐다. 왜 자꾸 오해하게 말을 하는 거야, 하고 생각하다가 얼른 마음을 고쳐먹었다. 아니지. 이건 이연의 잘못이 아니다. 다 이상한 생각을 하는 나의 잘못이다. 그렇게 마음을 가라앉히고는, 이연이 훨씬 귀엽다고 말해주었다. 이연은 입꼬리를 부드럽게 올리며 웃는다. 왠지 얼굴이 화끈거린다.

"아무튼. 전에도 말했지만 나는 친구라고 할 게 해리밖에 없어서. 슈리쥴리랑 관련된 책은 다 찾아서 읽었거든."

"가만 보면 너는 책도 좋아하는 거 같아. 책은 나보다 좋아?"

"우리 이연이가 최고지."

나는 웃으며 이연의 볼을 꼬집어 주었다. 이연이 볼에 바람을 빵빵하게 넣어 내 손을 튕겨냈다. 나는 왜 그러느냐며 손가락으로 볼을 툭툭 찔렀고, 이내 과장될 정도로 볼을 쏙 집어넣었다가 배시시 웃었다.

"있지, 해찬."

"왜?"

"해리는 왜 검은색일까? 해찬이는 이렇게 다정하고 따뜻한데."

나는 피식 웃으며 이연의 머리를 쓰다듬었다. 슈리쥴리의 색이 감정에 따라 달라진다곤 하지만 그게 정확히 일대일로 대응하는 것은 아니다. 빨간색만 하더라도, 열정이나 분노라고 편하게 말은 하지만, 엄밀히 따지면 공격적 외향성인 거니까. 그것처럼 검은색도 자신의 세계가 공고하다는 것일 뿐이다.

"네가 생각하는 나의 다정함이, 검은색에서 나오는 건가 보지."

"검은색이 자기 세계가 확실한 거랬지? 그럼 해찬의 세계에서 나는 그렇게 소중한 존재야?"

이연은 그렇게 말하며 장난스럽게 웃었다. 나는 장난치지 말라며 목을 간지럽혔다. 그렇게 한창 잡담을 떨다, 잠시 지쳐서 누워있고, 다시 떠들고…. 그렇게 계속 시간을 보냈다.

"오늘 슈리쥴리 강연 기대돼?"

웬일로 이연이 먼저 강연 이야기를 꺼냈다. 하긴, 처음으로 내가 뭔가를 하고 싶다고 말한 것이니까. 오늘 저녁 여섯 시에, 슈리쥴리와 공동체라는 주제로 강연이 열린다. 주최는 슈리쥴리 지킴이.

학교 동아리라는 것 같다.

나는 이연과 공통된 관심사를 가지고 싶었다. 이연에 대한 관심 말고도, 독서나 영화 같은 취미 말이다. 하지만 이연은 용용이랑 노는 것 말고는 패션 정도밖에 관심사가 없었고, 내가 가진 관심사는 슈리쥴리 뿐이었다. 이연이 여기에 몰두하지는 않더라도 함께 이야기할 정도면 되면 좋을 것 같은데. 그래서 이연에게 함께 가보자고 한 것이다.

물론 이연이 싫다고 하면 나 혼자라도 갈 생각이었다. 슈리쥴리 강연이라니! 슈리쥴리가 개발된 지 어언 삼십 년. 양육이 법제화된 지 십 년이 지났지만, 여전히 인문 사회 분야에서 영양가 있는 연구는 잘 이루어지지 않고 있다. 대부분의 연구가 생물학 분야에 치중되어 있고, 다른 분야에서는 슈리쥴리의 기전을 잘 모르기에 피상적인 이야기만 계속된다. 그래서 슈리쥴리와 공동체라는 주제는 내 이목을 사로잡았다. 다시 생각해도 가슴 떨리는 주제다. 슈리쥴리 지킴이의 이전 강연 기록에도, 슈리쥴리를 다양한 방식으로 해석하고 분석한 것이 보여서 무척 기대된다.

내가 한동안 아무 말도 없어서일까. 이연은 자신이 잊혔다고 생각한 건지 볼멘소리를 내었다.

"오늘 강연 듣고 집에 초대해 준다고 했던 거, 잊으면 안 돼."

"응. 이미 청소도 다 해놨어. 이따 보여줄게."

나는 이연을 달랬다.

강연이 있는 강의실. 서른 명 정도 되는 사람들이 수업 때보다도 진지한 눈빛으로 강연 자료를 읽고 있는 것을 보니 왠지 기가 죽었다. 방명록을 작성하고 맨 뒤 구석 자리에 앉자, 이연은 주위를 흘 긋거리며 내게 쫑알거렸다. 주변에 눈치가 보여 대화에 집중을 못 하자, 이연이 내 볼을 잡아당겼다.

"해찬. 왜 자꾸 나 안 보고 다른데 봐?"

"아니, 사람들이 이쪽을 쳐다보는 것 같아서…."

"그래? 그럼 싫어?"

"싫다기보단…."

이 대화를 저 사람들이 들을까 걱정되는 건데. 하지만 그 말은 속 으로 삼키고, 웃는 표정을 지으며 얼버무렸다. 말 걸지 말라고 했 다가 상처받을까 봐 말도 못 하겠고…. 무엇보다 이연에게 꾸중을 하고 싶지는 않았다. 이연을 혼내는 것은 나의 역할이 아니니까.

"저희 그럼 이제 강연 시작하겠습니다! 저는 진행을 맡은 부회 장, 안새연입니다! 오늘 발표자는 저희 '슈리쥴리 지킴이' 회장 인…."

다행히 강연은 금방 시작되었다.

나는 경악을 금치 못했다. 강연은 한 번도 생각해 보지 않은 방향 으로 진행되었다. 회장은 가장 먼저 슈리쥴리가 '길들임'이라는 과 정 없이, 존재 자체만으로 인간을 위해 탄생한 유일한 생명체라고 입을 열었다. 그 후, 슈리쥴리의 색이 차별의 기재로 작동한 이유 를 고대 인간의 사냥 방식부터 현대에 있던 다른 차별들을 짚어 가 며 인간의 본능과 역사를 엮어 설명해 주었는데, 두 시간도 채 안 되는 시간 동안 엄청난 강의력을 보여주었다. 차별의 사회학적 관 점을 가지고, 인간 감정의 발달 과정을 인류학적으로 풀어냈으며,

생물학과 역사로 그것을 증명하고, 마지막에는 감정의 정당성에 대한 철학까지 아우르다니. 나도 나름 공부 좀 했다고 생각했는데, 나와 그렇게 나이 차이도 안 나 보이는 또래가 저토록 수준 높은 강연을 하는 것에 압도되어 버렸다. 게다가 귀에 턱턱 박히는 목소리와 청산유수 같은 말, 지루한 시기에 적절하게 떠는 너스레까지…. 발표자에 대한 존경심이 들었다.

　이내 회장의 마지막 정리가 시작되었다.

　인류가 처음 감정을 드러내기 시작한 것은 이해를 위해서였습니다! 서로의 의중을 파악하고, 어떻게 해야 할지 소통하기 위한 도구였습니다! 하지만 문명 시대가 도래한 이후, 감정은 약점으로 쓰이기 시작했습니다. 불안해하는 사람을 의심하고, 감정을 상하게 하는 사람을 해하며, 부끄러움을 유발하여 그 사람을 억제하는 방향으로 악용되어 왔습니다. 감정 그 자체는 근본적으로 잘못된 것이 아님에도 불구하고, 인류는 자신의 목적을 위해 감정을 숨기고, 저열한 것으로 취급해 왔습니다. 현재 슈리쥴리로 차별하는 것은, 이러한 감정 탄압의 결과물입니다!

　우울한 것이 잘못입니까? 부끄러운 것입니까? 그렇다면 부끄러운 것은 잘못입니까? 화를 쉽게 내는 것은 잘못입니까? 아뇨! 모두 잘못된 프레이밍일 뿐입니다! 본디 분노와 열정은 같은 것입니다. 사람의 뇌에서 어떤 사고를 하느냐에 따라 나뉘는 것이지, 감정 그 자체의 문제가 아닙니다. 그런데도 사람들은 '이성'이라고 하는 것을, '문명' '문화'라는 것에 거스르는 것이라 칭하며 두려워하고! 그 문제를 '감정'에 떠넘기고! 그 감정을 표현하는 '슈리쥴

리'를 박해하는 것입니다! 본디 모든 감정은 자연스럽고 존중받을
것임에도 불구하고, 이를 등한시한 채 탄압과 압제를 이어가고 있
습니다!

　여러분! 저는 여러분의 슈리쥴리 색 모두를 알지는 못합니다. 하
지만 감히 말하겠습니다! 여러분의 슈리쥴리가 검은색이든! 푸른
색이든! 혹은 그 어떤 감정이더라도! 그것은 모두 존중받을 수 있
는, 아름다운 슈리쥴리입니다! 슈리쥴리의 색이 어떻든! 그 자체
로 차별받는 일은 결코 있어서는 안 됩니다!

　감사합니다. 회장이 고개를 꾸벅 숙이자, 박수갈채가 쏟아진다.
나 역시 넋을 놓은 채 손뼉을 쳤다. 정말 진심으로 감명받았다. 평
소 내가 생각했던 것과 무척이나 닮아 있었다. 머릿속으로만 생각
하던 정보들과 주장들이, 그의 말을 듣고 나니 깔끔하게 정리되는
것 같았다. 나는 혹시 이연도 무언가를 느꼈을까 싶어 옆을 보았
다. 그녀는 팔짱을 낀 채 생각에 잠겨 있었다. 어쩌면 이번 강연으
로 이연도 슈리쥴리에 관심이 생길지도 모른다. 그렇게 생각하니
뿌듯한 마음이 들었다.

　"어휴…. 우리 회장님이 많이 열정이 넘치셔서, 쉬는 시간도 안
드리고 쭉 진행해 버렸네요. 저희 그러면 질의응답 받도록 하겠습
니다. 말씀하실 분 계실까요?"

　진행자의 말에 나는 퍼뜩 정신을 차렸다. 질문을 하고 싶다. 딱히
무언가가 궁금하다기보다는, 회장과 대화를 해보고 싶다는 생각이
간절했다. 그가 어떤 환경에서 자라 그런 사고를 하게 되었는지가
몹시 궁금했다. 하지만 섣불리 나서기에는 겁이 났다. 명확한 질문

거리도 없는데 손을 들었다가, 질문이 돌고 돌아 내 슈리쥴리의 색에 대해서 이야기하게 될지도 모른다는 생각이 들었다. 회장은 모든 슈리쥴리의 색이 아름답다고 했지만, 이 강의실 모두가 그렇게 생각하는지는 모르는 일인데. 그렇게 안절부절못하고 있을 때, 강단을 쏘던 빔프로젝터가 틱 꺼졌다. 마음이 급해진 나는 일단 손을 들었다.

"강연 정말 잘 들었습니다. 다름이 아니라⋯."

입이 자동으로 움직인다. 무슨 말을 해야 하고, 무슨 단어를 선택해야 하는지는 머릿속에서 정리가 잘되지 않았다. 미리 준비한 것이 아니다 보니 무슨 말을 해야 할지 판단하기 어려웠다. 그런 혼란 속에, 입은 멋대로 멍청한 질문을 내뱉었다.

"선생님은 전공이 무엇입니까? 저도 이런 방향의 연구를 하고 싶습니다."

순간 강의실이 웃음바다가 되었다. 확 달아오르는 얼굴. 하지만 학창 시절 나를 보던 시선들과는 달라 싫지 않았다. 회장 역시 박장대소하다가, 뒷풀이에서 천천히 이야기해 보자며 나와 이연을 초대했다.

"원래 슈리쥴리에 관심이 있었어?"

"아, 네. 좋아합니다."

"왜? 귀여워서?"

부회장은 그렇게 말하곤 자지러지게 웃었다. 뭐가 웃긴지는 잘 모르겠지만 나도 일단 따라 웃었다. 이 말, 이연이 기분 나빠할 것 같은데⋯. 나는 이연의 표정을 슬쩍 살폈다. 이연은 여전히 무언가를 곰곰이 생각하고 있는 것 같았다. 그렇게 감명 깊었나? 그래도 다른 사람들도 있는데…. 내가 식탁 아래로 이연의 무릎을 톡톡 건드리자, 이연이 내 쪽으로 고개를 돌렸다. 그 모습을 본 회장이 물었다.

"그쪽 친구는 많이 피곤한가 봐?"

"아… 이 친구가 원래 낯을 많이 가려서 그래요."

"그래? 그럼 어쩔 수 없고. 해찬이는 왜 이쪽 공부가 하고 싶어?"

"아…."

회장은 자연스럽게 이연을 제치고 내게 본론을 말했다. 하지만 술자리라고 뭔가 달라질 것은 없었다. 여전히 뒷풀이에는 열 명이 넘는 사람이 있었고, 술까지 들어간 마당에 해리 이야기가 안 나올 것 같지가 않았다. 내 슈리쥴리 공부의 시작점은 해리니까. 그게 아니더라도 한 번도 슈리쥴리를 좋아하는 이유를 설명해 본 적이 없어서, 어떻게 설명해야 할지도 감이 안 잡혔다.

"그냥, 원래 관심이 있었어요. 학생 때부터 칼럼 같은 것도 찾아보고…."

"관심이 많구나?"

"네. 요즘에는 논문 찾아보고 있는데, 오늘 강연에서 하신 말씀은 논문에서도 못 봤어서… 되게 새로웠어요. 저도 그런 공부를 할 수 있으면 좋을 텐데."

나는 '왜 공부를 하고 싶은지'에서 '공부를 많이 할 정도로 좋아한다'로 화제를 돌렸다. 회장과 부회장은 술에 취해서인지, 아니면 처음부터 별로 중요한 질문이 아니었는지, 금방 새로운 주제를 붙잡았다.

"오늘 강연 주제는 찾기 어려울걸?"

"그래요?"

"그치. 아무래도 이건 아직 학계에서도 논의되는 중이라, 논문으로 나오려면 못해도 반년은 더 걸릴 거야."

그렇게 말하니 더 호기심이 일었다. 어떻게 논문보다 빨리 알고 있는 걸까? 칼럼이나 다큐멘터리도 대개 논문이 나온 뒤에 나오는 건데. 회장은 알려줄 듯 말 듯 장난을 쳤다. 나는 괜히 몸이 달아서 재촉하듯 물었다.

"그냥 말해 주세요."

그렇게 얼마나 밀고 당기기를 반복했을까. 회장은 이 정도면 됐다 싶었는지 씨익 웃으며 말했다.

"그럼 우리 '슈리쥴리 지킴이'에서 같이 공부해 볼래? 뜻을 나눈 친구가 진짜 친구거든!"

눈을 떴더니 자기 방 천장이 보였다는 말, 소설에서나 나오는 표현인 줄 알았는데 정말 그대로였다. 시간은 열 시 사십 분. 이십 분 후에 수업이 시작된다. 나는 생각할 새도 없이 자리에서 일어나 옷을 갈아입었다. 당장 뛰어야지 아슬아슬하게 도착할 수 있다. 숨이 턱 끝까지 차오르지만 쉴 새 없이 뛰어 아슬아슬하게 도착할 수 있었다. 차림새가 무척 꾀죄죄하지만 어쩔 수 없다. 그나마 한 강의만 들으면 되는 날이라 다행이다. 해리가 탈출했던 전공 필수 강의라, 어차피 이곳에서 나와 친해지고 싶어 하는 사람은 없으니까.

꾀죄죄한 사람이 한 명 더 있다. 이연이다. 이연은 맨 뒤 구석 자리에서 벽에 기댄 채 눈을 감은 것이, 한눈에 봐도 온몸에서 피곤이 풀풀 풍긴다. 옷도 목이 늘어난 면티고, 가방을 쿠션처럼 꼭 안고 있다. 그나마 화장을 해서 좀 나아 보이지, 만약 내가 저 차림으로 있었다면 누가 거지라고 해도 할 말이 없을 몰골이다. 잘 들어갔었냐고 메시지를 보내자, 금방 답장이 왔다.

「어제 기억 안 나?」
「어제?」
「끝나고 따라와.」

이연이 크게 한숨을 쉬었다. 인터넷에서 본 적 있다. 엠티 같은 곳에서 술을 진탕 마시고 큰 실수를 했을 때 슬쩍 떠보는 거라고 했다. 그렇게 생각하니 등골이 오싹한 기분이 들었다. 어제 무슨 일이 있었나? 뭔가 실수했나? 아침부터 경황이 없어서 몰랐는데, 기억을 떠올리려 하니 생각나는 것이 하나도 없다.

수업 시간 내내 집중을 못 했다. 아무리 애써봐도 기억이 되살아나지 않는다. 슈리쥴리 지킴이에 들어가자고 한 것까지는 기억이 난다. 하지만 그 이후로 뭘 했는지는 전혀 모르겠다. 다른 때라면 조잘거렸을 이연도 아무 말 하지 않는다. 괜히 불안하게.

"이연. 괜찮아? 되게 피곤해 보여."

"엄청 피곤해. 한숨도 못 잤어."

"어제 무슨 일 있었어?"

나는 조심스럽게 물었다. 검색해 보니 찾아보니 이런 경우에 대한 몇 가지 예시가 있었는데, 하나같이 흉흉했다. 누구에게 토했다던가, 멱살을 잡았다던가, 그도 아니면 정말 내 입으로는 말도 못

할 정도로 큰일이 있다던가…. 조금 전까지 기운 없어 보이던 이연이 무슨 일 있었냐는 말에 눈을 치켜뜨고 나를 노려보았다.

"진짜 기억 안 나?"

"응…."

"기억 안 나는 척 아니고?"

"진짜 기억 안 나…."

이연이 깊게 한숨을 쉬었다. 그리고 충격적인 발언.

"어제 나한테 토한 건 기억 나?"

"뭐?"

순간 깜짝 놀라 큰 소리가 나왔다. 이연은 인상을 팍 쓰며 조용히 하라고 말했다.

"큰 소리 내지 마. 사람들이 보잖아."

"아, 응…."

어쩐지, 다 늘어난 흰 티만 입고 있다 했다. 어제 토를 해서…. 아니, 아니지. 토를 했더라도 집에 가서 옷을 갈아입고 올 수 있는 거잖아. 그런데 왜 저런 이너 같은 흰 티를…. 그제야 나는 흰 티 아래 묻은 까만 볼펜 자국을 발견했다.

"근데…. 이연아."

"어."

"그 옷 혹시, 내 옷이야?"

"…응. 그게 뭐? 그냥 막차 끊겨서 자고 간 거야. 원래 대학생들은 술 먹고 서로 자취방에서 자고 그러는 거 아니야?"

"아, 응…. 그렇지."

맞나? 원래 남녀 사이에 그렇게 서로 집에서 막 자고 가도 되나?

여러 생각이 들었지만 입을 다물었다. 그래, 아무 일도 없었으면 됐지. 무슨 일이 있었으면 이렇게 이연과 둘이 밥을 먹을 수도 없을 거다. 그렇게 믿고 싶다. 그런데 이연에게 집 비밀번호를 가르쳐준 적 있던가?

화를 내고 나니 기분이 좀 풀렸는지 이연의 입꼬리가 슬슬 올라갔다. 이렇게 빨리 풀릴 수 있나 싶긴 한데, 이연은 늘 그랬다. 화가 나더라도 무엇이 잘못되었는지 알고 사과를 받으면 늘 금방 풀렸다. 이번에는 아예 푸스스 웃음까지 지으며 내게 말했다.

"그런데…. 이러니까 재미있다."

"응?"

"너한테 막 뭐라고 하는 거, 재미있어."

이연의 말에 나는 등골이 서늘해지는 것을 느꼈다. 매번 귀여워해 주고 둥기둥기해 주기만 해서 자주 잊는데, 이연도 나와 같은 스무 살 성인이다. 칭찬받는 것 말고도 재미있어하고 좋아하는 것들이 많을 나이다. 하지만 이렇게 내가 곤란해하는 게 좋다니…. 어떻게 받아들여야 할지 몰라 미적대고 있을 때, 이연이 헛기침을 하곤 다시 말했다.

"아무튼, 그건 그거고. 따로 할 말이 있어."

이연은 입을 오물거리며 말했다. 나도 숟가락을 들었다. 조금 찜찜하긴 하지만 그렇게 큰일은 없었나 보다. 그럼 가방에는 어제 입었던 겉옷이 들었겠지. 어쩐지 빵빵하더라. 피곤해 보이는 것도 밤늦게까지 토사물을 씻어내느라…. 그런 걸로 하자. 그래서 그렇게 소중하게 꼬옥 안고 있었던 걸로. 음음. 이제 이연의 초췌한 몰골도, 너저분한 옷차림도, 부자연스러운 행색도 모두 설명이 되는 것 같다. 우리는 아무 일도 없었다. 내가 이런 헛소리 같은 생각을 하는 동안, 이연은 꽤나 진지한 생각을 하고 있었나 보다.

"슈리줄리 지킴이, 안 들어갔으면 좋겠어."

이연에게는 조금 변태 같은 습관이 있다. 주변에 있는 사람을 끊임없이 관찰한다. 카페처럼 개방된 장소에서의 사람들은 물론이고, 영화관처럼 어두운 곳에서도 사람들을 하나하나 뜯어본다. 첫 만남에서 나의 예상 답변을 그렇게 잘 맞출 수 있었던 것도, 그간 나를 하나하나 관찰해 왔기 때문이라고. 나는 그런 것 하면 못쓴다고 말하면서도, 대단한 능력이라고 꼭 덧붙여 주었다. 그런 이연이 어제 하루 동안 슈리줄리 지킴이와 함께 있으며 관찰한 바를 이야기했다.

　(1) 회장은 이따금 말 중간을 끄는데, 주로 말을 하면서 생각할 때 일어나는 현상이다. 그게 좋은 생각은 아닐 것 같다.
　(2) 말을 들을 때 부담스러울 정도로 상대를 보거나 아예 관심을 두지 않는데, 아무래도 후자가 진심인 것 같다.
　(3) 말을 굉장히 논리적으로 하는 것 같은데, 막상 근거로 삼은 것을 보면 증명 불가능한 부분들이 많다. 그런데도 그렇게 확신을 두고 말하는 것은 남을 속이기 위함이다.
　(4) 술자리에서 담배를 피우겠다고 부회장과 회장이

함께 나갈 때가 많았는데, 그 후에 이상하리만치 죽이
잘 맞으면서 대화를 이어 나갔다. 우리가 없는 곳에서
작당 모의를 하고 돌아온 것이다.

　다른 때와는 다르게 사뭇 진지한 표정인 이연. 평소에는 관찰한
내용만 이야기하더니, 이번에는 드물게 슈리쥴리 지킴이에 대한
인상도 함께 담겨 있었다. 이후로도 이상한 점을 세세하게 말해주
었지만, 아쉽게도 그다지 설득력 있는 말은 아니었다. 관찰은 맞는
데, 판단하는 부분에서 비약이 심한 것 같았다. 그냥 말투가 질질
끄는 걸 수도 있고, 처음 보는 사람이라 말을 고르느라 그런 걸 수
도 있고, 경청하다가 지쳐서 시선을 돌린 걸 수도 있고…. 반례가
너무 많았다. 하지만 그런 말로 이연의 기를 죽이고 싶지는 않았
다. 일단 칭찬을 해주고 차근차근 이야기해 주자.
　"대단한걸? 그걸 다 알아낸 거야?"
　"응. 어제 네가 놀 동안 난 이렇게 다 생각하고 있었어."
　"잘했어. 그런데…."
　나는 그래도 일단 들어가서 한번 부대껴 보자고 이야기하려 했
다. 실제로 부딪히며 더 알아가고, 그다음 다시 판단해 보자고. 말
하려 했다. 하지만 입을 떼기 전, 내 발목을 스치는 익숙한 감각이
있었다. 보슬보슬한 솜털 같은 이 느낌. 집에 들어가면 하루 종일
느끼는 그 감촉. 슈리쥴리의 털이다.
　그러고 보니 급하게 나오느라 해리가 방석에 잘 있는지 확인을
못 했다. 설마 또? 강의실에서 가방을 열었을 때는 없었지만, 이전
에도 미리 가방에서 탈출하는 앙큼한 수를 보였던 만큼 방심할 수

없다. 식당에서 발견될 정도면, 수업할 때부터 지금까지는 어디에 있던 거지? 복잡한 마음을 가지고 식탁 밑으로 고개를 숙였다. 그리고 눈에 비친 것은 역시나 한 마리 검푸른 슈리쥴리.

용용이.

용용이는 자신의 앞뜰에 산책이라도 나온 양 유유히 우리에게서 멀어지고 있었다. 쟤가 왜 여기 있지? 머리가 자연스레 그 이유를 생각하려 하는 것을 억지로 멈춘다. 지금 그런 생각을 할 때가 아니다. 일단 용용이를 잡아야 한다.

내가 팔을 뻗자 용용인가 용수철 마냥 바닥에서 통 튕겨 나갔다. 내 손은 허공을 가르고, 용용이는 후다닥 먼 곳으로 도망쳤다. 평소에는 순순히 잡혀 주었으면서 갑자기 왜 이러지? 오늘 탈출을 위한 포석이었나? 물 흐르듯 멀어진 용용이는 마침내 볕이 잘 드는 식탁 위로 올라갔다. 찬란한 푸른빛을 내뿜는 자태가 무척이나 아름답지만, 그것을 본 이연의 안색이 새하얗게 질렸다.

"용용이가 왜….”

이연은 그대로 멈춰버렸다. 그래, 나도 저 느낌을 안다. 탈출한 해리를 강의실에서 마주했을 때 나도 몸이 굳어버렸으니까. 갑작스러운 검푸른 슈리쥴리의 출현에 서서히 주변의 시선이 모이기 시작했다.

"와… 나 파란 슈리쥴리는 처음 봐.”

"그러게…. 주변에 많다고는 들었는데.”

"근데 뭔가 좀 침침해 보이지 않아?”

남의 슈리쥴리를 보는 것은 흔한 일이 아니다. 행복을 뜻하는 노란색이나 사랑을 뜻하는 분홍색처럼 사회적으로 인식이 좋은 색이 아니면 보여줄 일이 없다고 봐도 무방하다. 그런데 학생 식당 한복판에 푸른 슈리쥴리가 등장하다니. 용용이만 아니면 나도 신기해했을 것이다.

용용이를 찍는 셔터음에 정신을 차렸다. 빨리 용용이를 데려와야 한다. 해리는 직접 내게로 안겨 왔지만 용용이는 점점 멀어지고 있다. 고양이 같다고 했던가. 그 말이 꼭 맞다. 지금 못 잡으면 다시는 못 볼지도 모른다.

식탁이 덜덜 떨리는 것이 느껴진다. 안색이 하얗다 못해 파랗게 질린 이연이 몸을 떨고 있다. 사람들이 수군거리는 소리를 들었나 보다. 이연이 가서 데리고 오는 것이 가장 성공 확률이 높겠지만, 아무래도 이연에게 무언가를 기대하기는 힘들 것 같다. 설령 제정신이라 하더라도 이렇게 카메라 셔터음이 터지고 있는데 그녀를 그곳으로 보내고 싶지는 않다. 사진에 찍히면 분명 학교 게시판이든 인터넷 커뮤니티든 뿌려질 것이다. 신문에 대서특필될 정도로 특이한 일은 아니지만, 그런 곳에 자신의 사진이 돌고, 누군가가 자신을 안 좋은 인상으로 바라본다는 것 자체가 힘든 일이겠지. 그래서 내가 자리에서 일어났다.

"이연. 정신 차려."

그렇게 말하며 이연의 머리를 헝클어뜨렸다. 이연은 덜덜 떠는 눈으로 나를 보았다. 왜 이렇게 겁을 먹고 있는 건지. 그렇게 겁먹을 필요 없는데. 나는 손 냄새를 맡았다. 이연 머리 냄새가 살짝 배었다. 그대로 용용이가 도망치지 않게 천천히 다가갔다. 사람들의 이목이 내게 쏠렸다. 이들에 내게 시간을 나누어 주기라도 하는지, 시간이 무척이나 느리게 흐르는 것 같았다. 왜 이런 상황이 되었을까 생각하며 걸을 수 있을 정도로 말이다. 그래, 이연이 우리 집에서 잤다고 했으니까, 집에서 나올 때 용용이를 데리고 나왔나 보다. 계속 가방을 안고 있었던 건 쿠션으로 쓰려던 게 아니라, 용용이가 탈출하지 못하게 붙잡고 있었던 거고. 그런데 밥을 먹으려고 잠깐 내려놓은 사이, 용용이가 탈출한 거겠다. 그래. 이렇게까지 생각했는데도 아직 다섯 발짝도 걷지 않았다. 사실 하려는 일은 정말 간단한 일인데. 걸어가서, 용용이를 집어 들고 다시 돌아오면 된다. 이제 손에 이연의 냄새도 나니까 크게 어렵진 않을 것이다. 문제는 내가 감당할 시선이지.

뭐, 어쩌겠나. 용용이를 포기할 생각이 아니라면 누군가는 해야 하고, 나는 이연이 그 시선을 겪지 않았으면 좋겠는데. 너무 가혹한 일이잖아. 차라리 이미 학과에서 어느 정도 소문이 난 내가 하는 편이 나았다. 아니 그게 아니더라도, 이연이 그렇게 당할 바에는 차라리 내가 감당하는 것이 나았다.

이연. 나는 왜 이렇게까지 하는 걸까? 만난 지 한 달 정도밖에 안 된 애인데 말이다. 나는 이연을 좋아하는 걸까? 아니다. 함께 시간을 보내고 놀러 다닌다고 해서 좋아한다고 할 수는 없다. 사랑이라는 것은 무언가 좀 더 숭고하고, 좀 더 아름다운, 그런 것이겠지. 이연은 여자친구보다는 딸로 삼고 싶은 아이다. 칭찬해 주고 싶고, 둥기둥기 해주고 싶고, 그때마다 밝게 웃는 것을 보면 행복한…. 그런 느낌. 이런 친구 관계도 있는 것이리라.

나는 용용이를 집어 들었다.

"죄송합니다. 저희 슈리쥴리가 도망쳐 버렸네요."

나는 용용이를 내 가방에 밀어 넣은 채 억지로 이연을 끌고 나왔다. 최대한 빨리 사람이 없는 곳으로 가야 한다는 생각에 일단 학생 식당 뒤편으로 갔다. 몇 번이나 주변을 확인한 후, 용용이를 이연에게 내밀었다. 이연은 급히 자신의 가방으로 용용이를 옮겼다. 몇 번이고 지퍼가 제대로 잠겼는지 확인한 후, 이연은 나를 노려보았다.

"왜 그랬어?"

"미안."

"미안한 게 아니라, 왜 그랬냐고."

나는 무어라 말해야 할지 고민했다. 어차피 누군가 한 명은 나섰어야 했다고 해 볼까? 그럼 이년에게 탓을 하는 것처럼 들릴지도 모른다. 네가 나서지 않아서 내가 나섰다고. 틀린 말은 아니지만 그렇다고 사실도 아니다. 여기서 말을 잘해야 오해를 사지 않을 수 있다.

"용용이가 도망칠 것 같아서."

이번에는 이연이 말이 없다. 용용이를 아끼는 이연이, 그냥 용용이가 사라지게 두라고 말할 수는 없을 테지. 하지만 내가 하고 싶은 것은 이렇게 논리적으로 아무 말 못 하게 하는 것이 아니었다. 좀 더 마음속에서 우러나오는, 마음이 통할 수 있는 이야기를 하고 싶었다. 가령, 네가 걱정되었다든가 하는, 그런 거.

한동안 정적이 이어졌다. 늘 말이 많던 이연이 입을 다물자 놀라울 정도로 조용했다. 나는 조심스레 무슨 말이라도 하려 했지만, 그보다는 이연이 더 빨랐다.

"이제 어떻게 할 거야? 사진도 다 찍혔어. 인터넷 커뮤니티 애들은 일단 조리돌림하고 볼 텐데, 어떻게 할 거냐구."

할 말이 없었다. 나는 괜찮다고 하는 것이 얼마나 의미가 있는 말일까. 그렇다고 네가 당하는 것보다는 낫다고 말하는 것도 이연에게 부담을 주겠지. 조리돌림 당하지 않을 논리적인 방법도 내가 하고 싶은 말은 아니다. 그냥 이연에게 위로를 줄 수 있는 말을 하고 싶은데, 무슨 말을 해야 좋을지 모르겠다. 이건 인터넷에도, 책에도 나와 있지 않다.

"네가 걱정됐어."

그래서 나온 말은, 이연의 말과는 아무런 상관없는, 그저 나의 본심이었다. 내 말을 들은 이연은 입을 닫고 고개를 숙였다. 무슨 생각을 하고 있는지, 그게 긍정적인지 부정적인지도 모르겠다. 분명한 건, 다시 고개를 든 이연의 눈에 얼핏 결연한 빛이 서려 있다는 것이다.

"…따라와."

이연은 내 손목을 잡아끌었다. 나는 군말 하지 않고 그녀를 따라 걸었다. 그녀는 학생 회관으로 들어가더니, 그대로 계단을 올라 삼층으로 올라갔다. 벌집처럼 다닥다닥 붙어있는 작은 방들에 팻말이 하나씩 붙어있다. 이연은 팻말을 빠르게 확인하며 바쁘게 걸었다. 그렇게 복도의 끝에 다다라서야 그녀의 발이 멈췄다. 삼백 이십 칠 호. '슈리쥴리 지킴이' 그녀는 동아리방 문을 벌컥 열었다.

이연은 왜 그 상황에서 슈리쥴리 지킴이를 떠올렸을까? 그때는 그 이유를 몰랐다. 하지만 그때 당시 할 수 있는 최선의 판단이었다.

슈리쥴리 지킴이의 방에서 일곱 명의 사람들이 회의하고 있었다.

이연에게 자초지종을 들은 회장은 바쁘게 무언가를 지시했다. 지킴이들은 동아리방을 나가 뿔뿔이 흩어졌고, 나와 회장만이 동아리방에 남아 있었다. 회장은 키보드가 고장 나는 게 아닌가 싶을 정도로 빠르게 타자를 치며 말했다.

"일단 놀랐을 텐데, 좀 앉아 있어."

"네…. 혹시 이연은…."

"그 친구는 부회장이랑 같이 갈 거야. 중간중간 상황이 바뀌면, 부회장이 내부 지휘를 맡아야 하거든. 그때 도움을 받아야지."

회장은 학교 게시판에 글을 업로드한 후 나를 불렀다. 그의 옆으로 가 업로드된 글을 읽어 보았다.

연구 중이던 슈리쥴리가 탈출한 것에 대한 사과글.

안녕하세요. 교내 슈리쥴리 동아리인 '슈리쥴리 지킴이'입니다. 오늘 오후 한 시 반 경, 동아리방에서 탈출한 슈리쥴리 한 마리가 식당에 침입하는 사건이 있었습니다. 해당 슈리쥴리는 연구를 위해 쓰인 슈리쥴리로, 다행히 같은 시간에 밥을 먹고 있던 동아리원이 회수해 왔습니다. 식당에 폐를 끼쳐 죄송합니다.

"이제 우리 진짜 동료다. 그치?"

"아, 네…."

원래도 들어올 생각이긴 했지만, 아직 입부원서 같은 것도 쓰지 않았는데 동아리원이라고 하니 기분이 묘했다. 하긴, 이곳에서 탈출한 것도 아니니 애당초 거짓말만 쓰여 있는 글이다. 그 아래로 금방 댓글이 달린다.

「나 오늘 퍼랭이 처음봄ㅋㅋㅋㅋ 주인 궁금했는데
연구용이라니」
「ㄹㅇ 퍼랭이 들고 온 용자 있음 존경했는데 ㄲㅂ」

　옹호도, 비판도 아닌 묘한 느낌의 글들이 이어지는 사이, 게시판
에 또 새로운 글이 올라왔다.

「슈리쥴리 지킴이 맨날 슈리쥴리 득시글거리더니
결국 탈출잼ㅋㅋㅋ」

"우리 애들이야. 너무 놀라지 마."
　회장은 그렇게 말하며 웃어 보였다. 회장의 웃음을 보자 왜인지
다 잘될 것 같다는 생각이 들었다. 회장은 초침이 한 바퀴 돈 것을
확인하고, 게시글에 댓글을 달았다. 하지만 일 분이 지나는 동안
먼저 댓글을 쓴 사람이 있었다.

「응 회장 곧 졸업이라 아무 생각 없어~」
「죄송합니다. 앞으로 더 신경 쓰도록 하겠습니다.
감사합니다.」

　나는 회장은 괜찮나 눈치를 한 번 봤다. 회장은 아무렇지도 않아
보였다.
"우리 애들이라니까. 진짜로 욕 하는 게 아니야."
"그런데 왜 이렇게…."

"옹호하면 더 반발심이 드는 게 인터넷 인간들이거든. 그렇다고 반박하면 주작 소리 들으니까 뭐… 적당히 다른 사람 욕하면서 타겟을 돌리는 거지."

그 과정은 여러 인터넷 커뮤니티에서도 동시다발적으로 이루어졌다. 커뮤니티는 훨씬 더 수위가 세긴 했지만, 전체적인 양상은 비슷했다. 처음에는 슈리쥴리 지킴이를 욕하는 글, 다음으로는 회장을 욕하는 글, 또 그다음으로는 잘못을 빠르게 인정하고 사과한 사람을 왜 욕하냐며 욕하는 사람을 욕하는 글…. 왜 지킴이들이 뿔뿔이 흩어졌나 했더니 커뮤니티에 접속하는 아이피를 각자 다르게 하기 위해서였다. 물론 모든 글이 다 지킴이가 쓴 것은 아니었다. 그중에 몇몇은 진짜로 욕을 하고, 사진을 유포했다. 하지만 일곱 명이 쓰는 글들에 좌지우지되어 공격 대상을 찾지 못한 그들은 금세 와해하였다. 지킴이들은 용용이를 '식은 떡밥'으로 취급하며 언급하는 것 자체를 바보 같은 사람으로 몰아가기 시작하더니, 마지막에는 초상권에 대한 고소 이야기로 서로 싸우는 것을 연출하며 사태를 종결시켰다.

"들어오자마자 큰일이었네. 그치?"

그 모습은 뒷풀이 자리에서 보았던 모습과는 또 다른 모습이었다. 조금 전에 도움을 받아서일까. 살짝 힘이 풀린 그의 말이 몹시 따뜻하게 느껴졌다. 아니, 그게 아니더라도 그에게는 묘한 매력이 있다. 가만히 보고만 있어도 그 눈동자에 빨려 들어갈 것만 같은 아우라가 나를 끌어당긴다.

"네…."

"이연이라는 친구, 어떻게 여기 올 생각을 했대?"

"그러게요."

"그리고 해찬이도 되게 용감하다. 어떻게 그렇게 할 생각을 했어? 무섭진 않았어? 나라면 그랬을 것 같은데."

"그렇죠."

"이연이라는 친구 때문이야?"

나는 잠시 망설이다, 고개를 끄덕였다. 어차피 이연이 자초지종을 설명하며 다 말해버렸다. 내 시점에서 이야기를 들은 회장은 곰곰이 무언가를 생각하는 듯하더니, 말했다.

"고생했어. 용기가 있구나. 다른 사람을 위해 희생할 용기."

들어본 적 없었던 그 말이 얼마나 따뜻하던지. 나는 울컥 목이 잠기는 기분에 뭐라 말할 수 없었다.

"잘 부탁해. 친구야."

어쩌면 칭찬과 위로가 필요했던 것은 나였을지도 모른다.

슈리쥴리 지킴이 활동이 시작되었다. 이연은 여전히 그들을 탐탁지 않아 하는 것 같았지만, 도움받은 것이 있어서인지 군말하지 않고 함께 활동을 이어 나갔다. 내가 걱정된다나. 나는 굳이 이연도 함께해야 한다고 생각하지는 않았지만, 내심 그녀가 슈리쥴리에 대해 관심을 가지는 계기가 되지 않을까 기대하였다. 나는 그간 본

적 없던 다양한 연구 기록을 읽을 수 있어 완전히 공부 삼매경에 빠졌다. 하지만 막상 활동을 시작하고 보니, 회장의 사려 깊은 모습을 보며 그에게 점점 빠져드는 것이 가장 컸다. 회장은 나와 비슷하면서도 달랐다. 사람에게 먼저 다가가면서도, 말과 행동에서 깊이 생각한 티가 났다. 나는 위로해야 한다는 것을 알아도 어떻게 해야 할지를 모르는데, 회장은 사람들이 가장 바라는 말을 할 능력이 있었다. 그는 내가 꿈꾸었던 이상향 같았다.

"어떻게 해야 너처럼 될 수 있어?"

회장은 선선한 미소를 지으며 말했다. 공부를 해야 한다고. 자신도 원래는 사람들과 잘 어울리지 못했는데, 생각의 폭이 넓어지며 변할 수 있었다고. 그리고 입버릇처럼 덧붙였다. 뜻을 나눈 친구가 진정한 친구. 뜻을 나누기 위해서는 같은 공부를 해야 한다. 내가 그처럼 될 수 있을지는 모르겠지만, 적어도 진정한 친구가 된다는 말이라도 이루어질 수 있으면 좋겠다고 생각했다. 뜻을 함께하는 친구가 진정한 친구라. 멋진 말이었다. 나는 그와 친해지고 싶어 공강 시간마다 꼬박꼬박 동아리방에 들렀다.

그렇다고 슈리쥴리 지킴이가 공부만 하는 곳은 아니었다. 슈리쥴리로 인한 차별을 철폐하기 위해서는 여러 단체의 연대가 필요하다며 사회 활동을 병행했던 것이다. 이러한 활동을 모아 일 년에 두 번씩은 잡지를 냈다는데, 동아리 방에는 그 책들이 몇 권 꽂혀 있었다. 그것에는 굉장히 신기한 내용들이 많았다. 유기된 슈리쥴리가 어떻게 되는가에 대해 조사한 슈리쥴리 보호소 이야기, 터부시되는 색의 슈리쥴리들도 마음 편하게 산책할 수 있도록 설계된 슈리쥴리 산책로, 아예 마을 전체가 슈리쥴리로 차별받은 사람들로 이루어진 슈리쥴리 마을…. 굉장히 마음 따뜻해지는 일화들이 소개되어 있었다. 그 활동들을 보고 있으니 괜히 슈리쥴리 지킴이가 사회와 공동체를 중심으로 슈리쥴리를 바라볼 수 있었던 게 아니라는 생각이 들었다. 이렇게 경험이 풍부하고 다른 곳의 도움을 많이 받아야 이런 연구가 가능하구나. 대단했다.

"슈리쥴리는 다양한 기술이 결합되어 복잡한 현실에서 살아가는 존재야. 슈리쥴리로 인한 차별을 없애기 위해서는, 차별이 무엇인지 알아야 하고, 그렇다면 여러 차별받는 사람들을 만나면서 차별이란 무엇인지에 대해 생각해 볼 필요가 있어."

회장은 책만으로는 알 수 없는 것도 있다며 내 어깨를 두드렸다. 책만으로는 알 수 없는 것이라. 그간 책만 주야장천 읽어온 나이기에 동감할 수 있었다. 그렇게 책을 많이 읽었어도 나는 친구 하나 제대로 사귈 수 없었다. 직접 사람을 만나며 느끼고 들어야 하는 것들도 분명 있는 것이다. 나는 그의 깊은 사고에 빠른 속도로 스며들어 갔다.

시간이 흘러 칠 월. 기말고사가 끝나고 슬슬 여름 햇볕이 쬐기 시작할 때였다. 회장은 드디어 내게 취재를 가 보자고 말했다.

"취재?"

"응. 말이 취재지, 사실 가서 일 도와주는 거야."

회장은 책꽂이에 꽂힌 책 중 하나를 꺼내 내게 보여주었다. 몇 번 보았던 책이다. 공진군에 위치한 슈리쥴리 마을. 달마다 기존 지킴이들은 그곳에 가서 일을 돕는다고 했는데, 그간 나와 이연은 아직 신입이라 공부가 더 바쁘다며 데리고 가지 않았었다. 내심 그게 서

운했기에 그의 제안은 무척 기뻤다.

"나도 갈래! 그럼 나도 이제 목요일 회의 들어갈 수 있어?"

"에이. 그건 안 되지. 거긴 반년 차가 되면 들어갈 수 있대도."

이렇게 확실하게 선을 긋는 것을 보면 또 조금 섭섭하지만, 그래도 취재에 함께 가는 것이 어딘가. 목요일에는 모임을 유지하기 위한 회의를 한다고 했다. 교육 커리큘럼을 짜고, 취재 장소를 정하고, 잡지에 들어갈 내용을 정하는, 그런 회의. 나는 같은 친구인데 그냥 끼워 달라고 은근슬쩍 말을 올려보곤 했지만 회장은 단호했다. 다른 단체들과 연결된 내용이 많아서 충분히 적응한 다음에 들어와야 한다는 것이다. 회장이 그렇게 말한다면 어쩔 수 없었다. 그래도 취재라도 가는 게 어딘가? 나는 이연에게 고개를 돌렸다.

"이연도 가?"

"글쎄. 갔으면 좋겠어?"

이연은 소파에 비스듬히 기댄 채 내 쪽을 보았다. 손에는 동아리방에 있던 만화책이 한 권 들려 있다. 슈리쥴리와는 아무 상관 없는, 그냥 드래곤볼 만화책이다.

"응. 같이 가자. 우리 학과 엠티도 안 갔잖아."

"으음…. 재미있을 것 같긴 한데…."

이연은 말꼬리를 늘리며 회장 쪽을 힐끔 보았다. 이연도 나와 함께 타지에서 논다고 하면 쌍수를 들고 환영하겠지만, 그간 회장과 싸늘한 관계를 유지해 왔기에 냉큼 가겠다 하기에는 자존심이 상하는 것이리라. 회장도 그걸 알기에 눈치 있게 말했다.

"이연. 전에 빈곤층 문제에 관심 있다고 하지 않았어?"

"그렇긴 하지?"

"그럼 같이 가자. 일손 부족해서 네가 좀 도와줬으면 좋겠는데."

"흐음…. 어쩔까…."

이연은 조금 고민하는 척하다가 가겠다고 했다. 회장은 내 쪽을 보며 어깨를 으쓱했다. 그래도 이런 방식으로라도 이연이 함께하는 것이 좋았다. 슈리쥴리 지킴이에 들어온 지 석 달이 되어가며, 처음에는 비협조적이었던 이연이 조금씩 섞여 드는 것을 보면 마음이 뿌듯했다. 내가 꿈꾸었던 대학 생활이 점차 이루어지고 있다. 수업을 듣고, 이연과 함께 밥을 먹은 다음에, 조금 놀다가 오후쯤 동아리방으로 온다. 스터디가 있는 날에는 공부를 하고 그렇지 않은 날에는 다 같이 모여 잡담을 떨거나 보드게임을 한다. 특히 친한 친구 한 명과 언제든 만나서 놀 수 있는 친구 무리. 이보다 아름다운 대학 생활이 있을까?

"나 오늘 회장 부탁도 들어주고, 잘하지 않았어?"

"응. 잘했어, 이연이."

이연은 웃으며 내 팔을 안았다. 석 달 동안 이연의 성격도 많이 변했다. 이전에는 칭찬받고 싶으면 눈만 반짝반짝 빛내고 있었는데, 이제는 당당하게 칭찬을 요구하기 시작한 것이다. 회장은 이연을 잘 챙겨달라고 부탁했다. 아무래도 자신들이 나를 빼앗아 갔다고 생각하는 것 같다고. 하긴, 친구에게 연인만 생겨도 불만을 가지는 사람이 있다고 들었다. 슈리쥴리 지킴이에 들어간 이후로 이연과 있는 시간이 줄어들기는 했으니 이해는 간다. 심지어 한밤중에 생각이 나면 불쑥 동아리방에 찾아가 지킴이들과 놀기도 하는데, 이연은 먼 곳에서 통학하니 그것도 불가능했다. 내가 그곳에서 자신이 모르는 다른 사람과 친해지는 것에 불만도 있을 것이다. 그런 생각이 든 후부터는 일부러라도 이연에게 시간을 내주고 있다. 이러니저러니 해도, 내가 가장 힘들었을 때 옆을 지켜주었던 것은 이연이니까. 오늘은 오랜만에 룸카페에서 단둘이 카드 게임을 하기로 했다.

"그냥 물어봐도 답해줄 텐데."

"왜? 게임 하기 싫어?"

이연은 입을 삐죽 내밀고 나를 빤히 보았다. 나는 아니라고 말하며 머리를 한 번 쓰다듬어 주었다. 이연은 활짝 웃으며 가방에서 카드 뭉치를 꺼냈다. 용용이 탈출 사건 이후로, 서로의 몸에 손을 대면 안 된다는 의식이 점차 옅어졌다. 머리를 쓰다듬다가 볼을 꼬집고, 손목을 잡다가 손을 잡고…. 이래도 되는 건가 싶어 회장에게 상담한 적이 있는데, 회장은 너무 복잡하게 생각하지 말라고 했다. 이연이 소중하다면 그녀가 하고 싶어 하는 데로 두라고. 그리고 그에 맞춰주라고. 회장은 이연이 자신에게 까칠하게 구는데도, 이연에 관한 상담은 늘 성심성의껏 해 주었다. 참 그릇이 크다는 생각이 들었다. 그 점이 멋있어, 동경하게 된다.

이연이 카드를 착착 섞는 동안, 가방에서 용용이가 스르륵 빠져나왔다. 가방에서 막 나오던 해리가 용용이에게 달려들어 좌충우돌 부딪히기 시작했다. 용용이는 늘 그렇듯 귀찮아하면서도 성실히 어울려 주었다. 둘의 색깔에 커다란 화면 불빛이 어우러져 밝게 빛나니, 꼭 푸른 쥐불놀이를 보는 것 같았다. 지킴이들의 슈리쥴리와 아무리 친해진다고 해도, 결국 해리가 가장 좋아하는 것은 용용이였다. 아마 처음으로 본 동족이라서 그런 게 아닐까. 본가에서도 부모님의 슈리쥴리는 벽장에 박혀 결코 안방 밖으로 나오지 못했으니까. 태어나서 처음 사귄 친구가 각별하게 여겨지는 것은 어쩔 수 없을 것이다.

"질문이 많이 바뀌었네?"

"그럼! 똑같은 거 하면 재미없잖아."

"성실하네. 나랑 놀려고 열심히 준비했겠다."

고마워. 그렇게 말하니 이연의 표정이 활짝 핀다. 이연은 잘 웃어서 좋다. 다른 사람들은 부담스러워할 법한 말도 그대로 받아들여 주는 것 같다. 그녀와 함께 있다 보면, 사실 그간 내가 만나왔던 사람들이 전부 어딘가 꼬인 사람이 아닐까 의심이 들었다. 똑같이 웃어주더라도 누군가는 나댄다고 말하고, 누군가는 부담스럽다고 말하고, 누군가는 미쳤냐고 말했다. 하지만 이연은 내가 웃으면 따라 웃어 주었다. 그렇다면 그간 만난 사람들이 나를 있는 그대로 받아들이지 못하는 사람이었던 게 아닐까? 이연도, 회장도, 다른 지킴이들도 다들 내가 웃으면 따라 웃어주는데, 그저 지금까지 만난 사람들이 이상했던 사람들이 아닐까? 그런 생각을 하게 되었다. 음. 조금 두서없이 말했는데, 요즘 행복하다는 말을 하고 싶은 것이다.

"좋아하는 사람 있어?"

첫 번째 카드의 질문이다. 이연은 생글생글 웃으며 말했다.

"흐음…. 글쎄? 너는?"

"에이, 네가 먼저 말 해줘야지. 원래 상대가 먼저 말해주는 규칙이었잖아."

"그치? 음, 그럼 네가 볼 땐 어때? 있는 거 같애?"

이연은 잔망스러운 눈웃음을 흘리며 나를 바라보았다. 이번 질문은 연애와 관련된 것들이 많았다. 좋아하는 사람, 신경 쓰이는 사람, 좋아하는 연애 스타일, 이성에게 설레는 포인트…. 사실 연애에 대해서 깊이 생각해 본 적이 없어서 뭐라 말해줄 것이 없었다. 그래도 이연이 신나서 막 떠들었으니 그걸로 되었다.

"자, 내가 좋아하는 사람이 어떤 사람이라고 했지?"

"아빠 같고, 책임감 있고, 섬세하고, 또…."

"아잇, 그것도 기억 못 하면 어떻게 해! 동물 좋아하고, 공부 열심히 하고, 칭찬 많이 해 주고…."

아무리 이상형이라도 그렇지 스무 개가 넘는 것을 어떻게 다 기억할까. 그래도 일단 여덟 개 정도는 외웠다. 게임이 끝나고, 서로 뒤엉켜 잠자고 있는 해리와 용용이를 보았다. 기분 탓일지 모르겠지만 해리에게서 푸른 물이 조금 빠진 것도 같다. 요즘 우울할 일이 별로 없긴 했지만 그래봤자 몇 개월 정도인데. 색이 이렇게 빨리 바뀔 수도 있나? 문득 학기 초에 발표했던 내용이 생각났다. 슈리쥴리의 색을 바꾸는 것이 이론적으로 불가능한 것은 아니라고. 물론 푸른색이 사라진 자리를 그대로 검은색이 차지한 것 같기는 하지만, 그래도 희망을 가져도 되지 않을까? 그런 생각이 들었다.

팔 월 일 일 오전 열 시. 지킴이들과 함께 공진군에 도착했다. 공진군은 인구 일 만 명 정도의 작은 군인데, 도시 구역을 제외하고는 대부분 농사를 지으며 생활했다. 회장은 명목상 일을 돕고 취재하는 것이 슈리쥴리 지킴이의 일이긴 하지만, 실제로는 마을 잔치를 준비하는 것이 중요하니 그쪽에도 인원을 배분해야 한다고 말했다. 그게 아니면 가스통을 배달하는 정도라고.

"젊은 사람들이 없는 건 아닌데, 어르신들도 한 번씩 바깥사람들

보면서 환기도 하고, 그런 거지.”

회장은 더운 날씨에 널브러진 지킴이들을 흘긋거리며 말했다. 물론 그 널브러진 지킴이 중에는 나도 포함되어 있었다. 포터는 두번 다시 타고 싶지 않다. 포터 한가득 가스통을 싣고 왔는데, 코너를 돌 때마다 뒤가 휙휙 쏠리는 게, 차가 옆으로 넘어갈 것 같아서 너무 무서웠다. 게다가 냉방도 제대로 안 되고…. 포터 세 대를 지킴이들이 운전하며 나눠 타고 왔는데, 나뿐만 아니라 다들 쓰러진 걸 보니 원래 포터가 냉방이 잘 안되나 싶다. 그 활기찬 해리도 기운 없이 비실거리고 있다.

“그럼 우린 가스 배달하고, 돌아와서 잔치 준비하고, 한밤 잔 다음에 내일 간다는 거지?”

“응. 갈 때는 봉고차 타고 갈 거니까 좀 나을 거야.”

그래. 갈 때는 좀 나을 거라는 말을 믿자. 포터는 지킴이들의 것이 아니다. 전날 몇몇이 봉고차를 타고 미리 와, 포터 세 대를 가지고 온 것이다. 이럴 때보면 지킴이들이 참 부지런하고 대단해 보인다. 어제 여기 왔다가, 그냥 포터만 가지고 광산시로 돌아오고, 가스통을 실은 다음에, 오전 열 시까지 다시 공진군으로 오다니…. 나라도 도움이 될까 싶어 가스 싣는 일이라도 돕는다고 했지만 지킴이들은 극구 만류했다. 위험하다고. 여기까지 오는 길이 더 위험하지 않나 싶긴 한데…. 그렇다고 하니까 믿어야지.

이연도 더위를 이기지 못하고 책상에 이마를 박고 있는데, 유일하게 쌩쌩한 것은 용용이였다. 더위에 이토록 강한 걸 보니, 사실 용용이는 슈리쥴리의 탈을 쓴 사막 고양이가 아닐까 생각되었다. 그는 유유히 카페를 활보하며 다른 슈리쥴리들을 냥냥펀치로 괴롭히고 있었다. 공진군의 인구 대다수는 사회에서 슈리쥴리의 색으로 차별받아 살기 힘들어진 사람들이다. 처음에는 슈리쥴리 차별 금지 구역이라는 약속을 저들끼리 만들었는데, 그 규모가 점점 커져 도시 바깥 지역 전체가 그런 마을이 되었다고. 이 카페에도 많은 슈리쥴리들이 모여 있다. 색은 하나같이 터부시되는 색이지만, 그래도 애들은 행복해 보였다. 해리도 조금 시원해지자 슈리쥴리 놀이터 쪽으로 도도도 발걸음을 옮겼다. 그렇게 지쳐있다가도 놀기 위해 움직이는 걸 보면, 사실 해리는 슈리쥴리의 탈을 쓴 강아지일지도 모른다는 생각이 들었다. 이 마을에는 슈리쥴리가 사라지지 않게 방비책도 다중으로 준비되었다고 하고, 설령 잃어버리더라도 다시 붙잡을 수 있는 장인들이 많다고 하니 이렇게 풀어놓아도 안심이 되었다. 그간 집에 가둬 놓듯 키웠던 해리가 조금이라도 편하게 놀았으면 좋겠다. 그래서 그냥, 별 의미 없이 툭 내뱉었다.

"나도 나중에 여기 와서 살까?"

그러자 깜짝 놀란 듯한 이연과 기다렸다는 듯한 회장이 후다닥 말을 붙였다.

"나는 이런 시골 싫은데."

"진짜 여기서 살고 싶어?"

둘의 반응에 오히려 내가 더 당황해서, 아니 그냥 해본 말이라며 말을 돌렸다.

한 십 분 정도 지났을까, 늦어서 미안하다며 헐레벌떡 뛰어오는 사람이 있다. 공진군의 청년회장이다. 그는 지킴이들과 꽤나 친분이 있는지 금방 하이파이브를 하며 자리에 앉았다.

"어휴. 이번에도 이렇게 와줘서 고맙다."

"아니야. 너도 자주 우리 쪽으로 오잖아. 그리고 우리도 어르신들 한 번 뵈어야지."

회장과 이야기하는 모습을 보니 어딘가 낯이 익기도 하다. 본 적이 있던가 곰곰이 생각하고 있을 때, 청년회장이 먼저 말을 걸어왔다.

"어어, 해찬이도 오랜만이다."

"아, 예…."

"야! 왜 존댓말이야! 우리 말 놓기로 했잖아!"

그렇게 말하며 그는 손가락으로 피스 모양을 만들었다. 그제야 나는 그가 누군지 기억이 났다. 정확히 언제인지는 모르겠지만, 밤중에 동아리방에 불쑥 찾아갔을 때 회장의 친구라고 했던 그 사람이다. 처음 내가 들었던 강연 때도 뒷풀이 자리에 있었다고 했고…. 술 게임도 하면서 많이 친해졌던 것 같은데, 역시 술로 만들어진 인연은 하루짜리구나. 나는 억지웃음을 지으며 텐션을 올려 말했다.

"아아. 맞네! 인상이 너무 달라서 못 알아봤다!"

그러자 그는 머쓱해하며 이 마을에서는 이렇게 입어야 한다고 말했다. 그래도 광산시에서는 깔끔한 옷차림이었던 것 같은데, 여기서는 꽃무늬 셔츠에 흰 반바지라는 난해한 옷차림이다. 그는 부끄러운지 헛기침을 몇 번 하곤, 바삐 본론으로 들어갔다.

"아무튼, 너희들은 이제 베테랑이고. 신입들은 어떻게 하는 건지 이야기 들었어?"

"뭐…. 회장이 나는 자기 따라오고, 이연이는 부회장 따라서 가면 된다던데?"

"아이고, 그렇게만 말해주면 어떻게 해! 어르신들 인사드리는 게 중요한데!"

"그거야 내가 데리고 다니면서 하려 했지. 너무 신경 쓰지 마."

청년회장은 마음에 안 드는 듯 한숨을 푹 쉬었지만, 그래도 회장의 말에 왈가왈부하지는 않았다. 그는 약도를 펴 대략적인 루트를 다시 확인시켜 주었다. 부회장과 이연을 포함한 다섯 명은 문화회관에서 잔치를 준비하고, 나와 회장은 남쪽, 다른 지킴이 둘은 서쪽으로 간다. 애초에 마을이라고 해도 규모가 그렇게 크지는 않아서 빨리 일을 끝내겠다는 생각보다는, 가서 어르신들과 대화도 좀 해주고 바깥 이야기도 전하는 것이 목적이라고.

"동쪽은 안 가? 거기도 마을이 있다는데."

"동쪽은 도시가스가 나와서 괜찮아. 너희는 가스가 안 나오는 쪽만 돌면 돼."

청년회장의 말에 이마를 탁 쳤다. 그러네. 하긴, 인구 일 만 명이 전부 슈리쥴리 때문에 차별받는 사람은 아닐 거니까.

이 더운 날 다시 해리를 태우고 가기에는 미안해서 잠시 슈리쥴리 카페에 맡겨 두기로 했다. 사장님은 걱정 말라 하시며, 잔치 때 데리고 가겠다고 말했다. 남의 손에 해리를 맡기는 게 처음이라 걱정은 되었지만, 그래도 이런 경험도 있어 봐야 애가 강하게 큰다고 마음을 다잡았다. 정작 해리는 아무 생각 없이 신나게 다른 슈리쥴리들과 놀고 있지만….

회장과 단둘이 포터에 탔다. 공진군으로 내려올 때는 옆에서 잠

들어버려 미안한 마음이 있었다. 그래서 이번에는 조수석에 앉은 사람의 역할을 성실히 하겠다 마음먹었다.

"너는 여기 얼마나 와 봤어?"

"음, 글쎄? 일단 달마다 한 번씩은 오고, 또 종종 내려오기도 하고 그렇지?"

"왜? 그냥 여행?"

"그런 셈이지. 하긴, 너랑 이연이는 공진군이라는 이름을 동아리 방에서 처음 들어봤다고 그랬지?"

나는 고개를 끄덕였다가, 운전 중이라 못 보겠구나 싶어서 그렇다고 말했다. 회장은 원래 다들 잘 모른다면서 웃었다.

"그나저나 너랑 이연은 정말 친한 것 같아. 너도 문화회관에서 잔치 준비하는 게 나았으려나?"

"아냐. 그래도 앞으로 우리가 잘 지내려면 이런 것도 같이 하고 그래야 한다며."

"알아주는 거야? 고마워."

회장의 감사 인사에 나도 모르게 입꼬리가 올라갔다. 술을 마신 친구가 진짜 친구가 아니라, 뜻을 나눈 친구가 진짜 친구. 그게 회장의 말버릇이었다. 함께 공부하고, 같은 경험을 하며 같은 것을 느낄 때 진정한 친구가 되는 것이라고. 나도 그 말에 깊이 동감했다. 어릴 때부터 사람들과 잘 지내려 노력하며, 그들을 웃기려고도 해보고 다정하게 대해보려고도 했지만, 그런 감정들은 삼일은커녕 하룻밤만 지나도 휘발되기 일쑤였다. 대학에 와서도 뻔질나게 참여했던 행사들 뒤에 남은 것은 아무것도 없었다. 하지만 슈리쥴리 지킴이는 달랐다. 함께 공부하고, 그에 대해 이야기하며 어떻게 생각하는지, 왜 그렇게 생각하는지를 알아가고 있자면, 서로의 내면을 찬찬히 알아가는 느낌이 들었다. 그렇게 마음을 열어가다 보니 개인적인 이야기나 옛날이야기도 하면서, 이제 나와 지킴이들은 진정한 친구가 되었다고 해도 무방하지 않을까 하는 생각이 들었다.

회장이 내게 물었다.

"음, 둘만 있으니까 물어보는 건데 말이야."

"뭔데?"

"너랑 이연이, 사귀어?"

콜록! 순간 사레가 들렸다. 아무것도 안 먹고 있었는데 어떻게 사레가 들리나 싶을 수 있는데, 진짜로 사레가 들린 것 같았다. 먼지가 목에 들어갔나? 회장도 당황하여 포터를 멈춰 세웠다.

"해찬, 왜 그래? 괜찮아?"

"콜록! 사레가! 콜록! 물…!"

회장은 작은 생수 한 병을 내밀었다. 나는 한 모금 삼켰다가, 다시 기침이 나서 목 깊은 곳까지 입가심을 해 헹궈냈다. 조금 나아지는 것 같았다. 나는 한숨 돌리자마자 회장에게 되물었다.

"뭐라고…?"

"아니 그냥, 너랑 이연이랑 늘 붙어 다니길래…. 혹시 사귀나 하고…."

회장은 다시 엑셀을 밟았다. 다 같이 있을 때 어깨도 주물러주고, 머리도 쓰다듬어 주고, 소파에 서로 기대어 있고 하는데 막상 말은 안 해주니 모르는 체해야 하는지, 아니면 그냥 눈치껏 알아주어야 하는 건지 모호했다고.

"아냐 아냐. 안 사귀어."

"진짜?"

"그치. 왜 숨기겠어."

회장은 의미심장한 표정을 지으며 고개를 끄덕였다. 나랑 이연이 사귄다니! 상상을 안 해 본 것은 아니지만, 그래도 남들까지 그렇게 볼 줄은 몰랐다. 뭔가 야릇한 분위기가 있었던 것도 아니고, 그냥 친구 사이에도 다 하는 일들이었는데. 아무래도 관계를 어떻게 가져야 할지 연구서 쪽에는 나와 있지 않아서 웹툰이나 소설 쪽을 참고했는데, 뭔가 문제가 있는 걸까? 다른 생각을 해보려 했는데도 얼굴이 화끈거린다. 아무래도 햇볕이 뜨겁긴 한가 보다.

첫 번째 집에 도착하고, 우리는 포터에서 가스통 하나를 내렸다. 이걸 어떻게 옮겨야 하나 고민하고 있는데, 회장이 가스통의 모서리를 세워 빙빙 굴리자 가스통이 움직였다. 굉장히 신기했다. 그렇게 도착한 집은 무척이나 허름했다. 지저분하게 먼지가 쌓인 슬레이트 지붕에 금이 간 시멘트 담벼락. 철제문 너머로 이런저런 집기가 어지럽게 널려 있어 대낮인데도 으스스한 분위기가 물씬 풍긴다. 사람이 살지 않는 게 아닐까 의심이 들 즈음, 회장이 문을 두드렸다.

"아저씨! 저희 왔어요!"

회장은 대답도 기다리지 않고 문을 벌컥 열렸다. 문을 열자마자 슈리쥴리 한 마리가 두 발로 멀뚱멀뚱 서 있다. 슈리쥴리가 원래 설 수 있었던가? 눈을 마주치자 나를 위협하는 것인지 갑자기 양팔을 위로 번쩍 들어 올리며 입을 크게 벌렸다. 다른 슈리쥴리들보다 유독 털이 복슬복슬하여, 그 모습이 마치 레서 판다 같았다. 너무 귀여웠다. 회장을 따라 집 안으로 들어가려 하는데 내 뒤를 두 발로 아장아장 걸어오니, 머리를 쓰다듬지 않을 수 없었다.

"그래도 밖에 둬야 해."

"왜?"

"무슨 동물을 집 안에 두냐고 화내시거든."

회장의 말에 주인을 만나기도 전부터 인상이 안 좋아졌다. 아무리 그래도 그렇지 이렇게 귀여운데. 그게 아니더라도 우리에게 도움도 주는 애인데 이렇게 박하게 대할 필요가 있나. 나이 드신 분들은 원래 그런가? 나도 모르게 입이 튀어나왔는지, 회장은 내 등을 툭툭 치며 달랬다.

"너무 그러지 마. 말은 그렇게 하셔도, 좋은 분이셔."

그래도 회장의 말이니까 믿어야지 생각하며 현관 안으로 들어갔다. 좁은 마루 거실에 냉장고나 옷장 같은 것이 빼곡하게 들어차 있었다. 회장이 안쪽에 있는 방문을 열자 할아버지 한 분이 누워서 티브이를 보고 계셨다.

"뭐여?

"뭐긴요! 오늘 가스통 배달 오는 날인데 잊으셨어요?"

할아버지는 눈살을 찌푸리고 벽에 걸린 달력을 보았다. 그곳에는 분명히 '가스 오는 날'이라고 적혀 있다. 하지만 할아버지는 못 본 체하고 큰 소리로 말했다.

"뭔, 왔다 안 왔다 하니께 내가 알 수가 있어야지!"

"어제 청년회장이 방송도 했다는데, 못 들으셨어요?"

"내가 오락가락하는데 그걸 어게 들어! 귀는 이미 먹었어!"

회장은 예예 대답하며 방 안쪽에 있는 덧문을 열었다. 창고와 연결되어 있는지 그곳에서 회장은 복숭아 두 개를 꺼내 왔다.

"아주 기냥! 다 털어먹어라 다 털어먹어!"

"다음 달에는 더 갖다 드릴게요."

성을 내는 할아버지에게 웃으며 복숭아를 깎아주는 회장. 회장은 이런 상황이 익숙해 보였다. 회장은 요즘 바깥에서 일어나는 일을 이것저것 말해 주었고, 할아버지는 관심 없는 척 티비를 보면서도 대답할 것은 다 했다.

"그래서 이번 시장 선거에서는 김주영이 뽑히지 않을까 싶어요."

"그 애새끼가 어떻게 시장을 혀? 말도 안 되는 소리!"

"이제 김주영도 쉰 살이에요, 아저씨. 저보다 더 큰 애도 있고요."

"벌써 그렇게 됐는가? 그럼 손영호 그 새끼는?"

"엊그저께 암 걸려서 돌아가셨어요."

"잘 됐다!"

할아버지는 그렇게 말하며 껄껄 웃었다. 정치인을 많이 아시는지, 나는 이름도 모르는 사람들이 시장이니 국회의원이니 비서실이니 하는 이야기가 나오면 동네 어린애들 이야기인 마냥 이러니저러니 하셨다. 하긴, 어르신들이 정치 이야기를 좋아하긴 하지. 정치 이야기 다음에는 회장의 안부 소식이었다.

"너는 뭐, 백날천날 슈리쥴리 지킴인가 뭐신가 하는 것만 할 거여?"

"하하. 기회가 있어야 옮기죠."

"기회가 읎긴 왜 읎어! 광산대학교는 니가 다 한 거나 다름없는

데! 아저씨가 한번 말해 주랴?"

말투는 더 가벼워졌지만, 회장은 오히려 전보다 더 집중했다. 슈리쥴리 지킴이를 안 좋게 보시는 것 같은데, 괜히 말을 꺼내지는 않았다.

가스통을 설치하려 마당으로 나갔을 때, 레서 판다를 쏙 닮은 슈리쥴리가 이쪽으로 걸어왔다. 그 모습을 보니 문득 물어보고 싶은 것이 생겼다.

"할아버지. 왜 슈리쥴리를 밖에만 두세요?"

"어엉?"

"슈리쥴리를 왜 밖에 두세요! 밥은 어떻게 주시구요!"

잘 안 들리시나 싶어 큰 소리로 말하자, 할아버지는 귀청 떨어지겠다면서 내게 핀잔을 주었다. 그러고는 금방 말했다.

"내가 안에서 키우든 밖에서 키우든 네가 무슨 상관이여?"

"밖에서 키우면 먹이를 못 먹잖아요! 주인이 자야 감정을 먹을 수 있는데."

"야는 튼튼해서 괜찮어."

할아버지의 답을 들으니 속이 답답했다. 나이를 먹으면 이렇게 되나? 괜찮기는 무슨, 슈리쥴리에게도 인격이 있는데. 매번 저렇게 밖에 있고 밥도 잘 못 먹으면 힘들어한다. 생명력이 강하니 웬만하면 죽지는 않겠지만, 말 그대로 죽지 않는 거지 굶주리고 지친 채로 하루하루를 보내야 한다. 그런데 그냥 무작정 괜찮다고만 하다니. 내가 뭐라고 한마디 하려던 찰나, 회장이 나를 막아섰다.

"어휴, 그렇죠. 멍멍이는 요즘 어떻게 지내요?"

나는 순간 나를 말리고 할아버지를 두둔하려는 듯한 회장의 행동을 이해할 수 없었다. 회장도 슈리쥴리 지킴이인 만큼 슈리쥴리를 사랑할 텐데. 하지만 회장이 하는 행동이니 이유가 있으리라 생각해 잠자코 있었다. 할아버지는 회장을 보며 말했다.

"말도 말어. 저거 허리 이제 어찌할지, 걱정이 크다."

할아버지의 말에 아까까지는 삐딱했던 마음이 조금 제자리로 돌아왔다. 그리고 다른 점에서 놀랐다. 슈리쥴리가 걱정될 정도로 다치는 경우도 있나? 슈리쥴리는 매우 가볍고 단단해서 웬만해서는 다치는 일이 없기 때문이다. 회장은 나를 한 번 흘긋 보고는 다시 할아버지에게 말했다.

"허리가 굳어서 네 발로 못 다닌다고 하셨던가요?"

"그제. 어데 허리라도 부딪히면 너무 아파하니께, 이 좁은 집에는 둘 수가 없제."

할아버지는 그렇게 말하면서 혀를 끌끌 찼다. 녀석은 레서 판다처럼 뒤뚱뒤뚱 걸어서는 할아버지 다리를 폭 안았다. 할아버지는 가스나 빨리 설치하고 가라며 마당에 펼쳐진 평상에 누워 눈을 감으셨다. 간이 지붕이 있긴 하지만 굉장히 더울 텐데. 레서 판다는 그런 할아버지 등에 폭 올라타더니, 이내 눈을 감곤 갈색빛을 짙게 뿜었다. 감정을 먹고 있는 것이다. 회장은 미소 지은 채 나를 보며 말했다.

"멍멍이가 좀 아파서. 계속 허리를 세우고 있어야 하거든."

"아…."

"아저씨도 고생이지. 먹이 준다고 더우나 추우나 한 번은 밖에서 주무시니까…. 건강은 괜찮으신가 모르겠어."

그렇게 말하곤 회장은 가스통을 설치하러 집 뒤편으로 갔다. 나는 괜히 마음이 안 좋아져, 주무시고 계시는 할아버지께 꾸벅 인사했다. 죄송합니다.

"오늘 힘들진 않았어?"
"뭐, 거의 네가 다 했는걸."
　가스 배달은 생각보다 오래 걸렸다. 아무도 없는 집은 가스통만 갈아주면 되어서 오래 걸리지 않았지만, 사람이 있으면 꼭 앉아서 십 분이나 이십 분씩 이야기하고 나왔기 때문이다. 회장은 모든 사람들과 잘 아는 것인지 싹싹하게 대화를 하고 나왔다. 나는 그냥 꿔다놓은 보릿자루처럼 멍하니 있었지만, 그동안 슈리쥴리를 구경하고 있으니 지루하지는 않았다. 그간 회장이 강연하거나 지킴이들과 노는 모습만 봐서 몰랐는데, 역시 그는 모든 사람에게 친절하고 따뜻하게 다가갈 수 있는 사람이었다. 나도 저런 사람이 되고 싶다.
　마지막 집이 끝난 후, 우리는 한결 가벼워진 포터를 몰고 마을회관으로 향했다. 차가 출발하고, 나는 대화를 들으며 궁금했던 것을 물어보았다.
　"왜 다들 너한테 슈리쥴리 지킴이를 그만두라고 해?"
　그랬다. 만나는 사람 모두 한결같이 슈리쥴리 지킴이를 아직도 하냐고 물었다. 빨리 그만두고 다른 곳으로 갔으면 좋겠다는 말도 심심치 않게 들었다. 그럴 때마다 회장은 싫은 기색 없이 자기도 그리고 싶다며 웃었는데, 워낙 성격이 좋은 회장이라 정말 그렇게 생각하는 것인지, 아니면 그냥 넉살 좋게 넘긴 것인지가 궁금했다.
　"응? 아아. 해찬이는 모르나?"

"뭘?"

"슈리쥴리 지킴이는 좀 더 큰 조직에 속한 단체거든. 그래서 이렇게 연계된 활동도 다닐 수 있는 거고. 그런데 뭐, 난 졸업부터 해야 할 것 같아서."

생각보다 싱거운 답변에 김이 새었다. 정말 별거 아니었구나. 하지만 여전히 마음 한구석에는 석연치 않은 감각이 남아 있었다. 그렇게 별거 아니라면 왜 보는 사람마다 하나같이 그런 말을 하는 걸까? 다시 물어봐야 하나?

그때, 차가 급정거했다.

"우왁!"

몸이 앞으로 크게 젖혀질 줄 알았는데, 어느새 회장의 팔이 내 가슴을 받쳐주고 있었다. 갑작스러운 일 때문인지 심장이 쿵쿵 뛰는 것이 느껴졌다. 나는 회장을 바라보았다. 전방을 주시하는 회장의 모습. 그는 손가락으로 유리 너머를 가리켰다.

"해찬. 저기 저거 봐봐."

회장의 시선을 따라가니 도로 한 가운데 커다란 생명체 하나가 보였다. 지금까지 실제로 본 생명체 중에 가장 큰 것 같았다. 나는 저렇게 생긴 동물을 안다. 공룡같이 거대한 저런 파충류를, 책에서 본 적이 있다.

"…코모도 왕 도마뱀?"

"아니야. 청년회장 있지? 걔 슈리쥴리야."

회장은 그렇게 말했지만, 그것은 정말로 위풍당당한 한 마리의 코모도 왕 도마뱀 같았다. 삼 미터는 되어 보이는 몸길이, 목도 길어 키가 이 미터는 되어 보였다. 다른 슈리쥴리들과는 달리 굉장히 짧은 털과 광택 없는 순수한 검은색 빛깔이, 털보다는 비늘을 연상케 하여 코모도 왕 도마뱀 같은 인상에 한몫했다. 무엇보다 우파루파 같은 얼굴이 아니라 이목구비가 진한 인상이라서, 슈리쥴리가 아니라 다른 생물인 것 같았다.

"나, 저런 슈리쥴리는 처음 봐."

"나도 저 정도로 다르게 생긴 슈리쥴리는 처음이었지. 아무리 성격이나 생김새가 개체마다 다르다곤 하지만, 이 녀석을 봤을 때는 정말 깜짝 놀랐다니까."

회장은 코모도 왕 도마뱀 같은 슈리쥴리의 이름이 드래곤이라고 알려주었다. 정말 잘 어울리는 이름이었다. 드래곤은 주변을 한번 둘러보더니, 도로 바깥으로 어슬렁거리며 내려갔다.

"와, 진짜 멋지다."

"그렇지? 공진군의 명물이라니까."

회장은 드래곤이 산에서 멧돼지나 고라니가 내려오는 것을 막고 있다고 말했다. 한 번 멧돼지와 싸워서 이기더니, 그다음부터는 주기적으로 순찰을 다니며 마을의 논밭을 지키고 있다고. 세상에. 정말 깜짝 놀랐다.

"슈리쥴리가 싸움도 해…?"

"뭐, 보통은 너나 내 슈리쥴리처럼 작으니까. 기껏해야 공격성이 있다 정도로 말하긴 하는데…. 저 정도면 확실히 싸움이라고 할 만하지. 그래도 쟤, 웬만하면 착해."

약탈만 하지 않으면 말이야. 회장은 그렇게 덧붙였다. 자신의 영역을 침범하여 보물을 훔치는 자를 응징한다니. 진짜 판타지 소설 속 용 같다. 차가 다시 출발하고, 나는 저 멀리 걸어가는 드래곤의

웅장한 뒷모습을 보았다.

문화회관에 도착하니 벌써 세 시였다. 넓은 강당에 커다란 상이 강당 가득 주르륵 놓여 있고, 한 구석에 놓인 소파에는 이연이 쓰러져 있었다.

"이연…. 괜찮아?"

"죽을 거 같아….."

이연은 내게 몸을 기대왔다. 나도 이연의 머리를 쓰다듬어 주려다가, 문득 회장의 말이 생각났다. 너랑 이연이, 사귀어? 전에는 아무렇지도 않게 했던 행동이 괜히 부담스러워졌다. 나는 슬쩍 몸을 뒤로 뺐다.

"여기서는 뭐했어?"

"요리…. 요리…. 그리고…… 요리….."

이연은 눈을 감으며 아예 내 허벅지를 베고 누웠다. 먼발치에서 회장이 내 쪽을 보고 있었다. 이제 모르겠다. 두 번이나 이연에게서 내뺄 수는 없기에, 결국 머리를 쓰다듬어 주었다. 하지만 그것도 잠시, 강당 뒷문으로 들어온 청년회장이 우리를 발견하곤 말을 걸어왔다.

"어어. 이제 너희 팀도 왔구나? 너희도 음식 좀 날라라!"

그의 양손에서 커다란 냄비가 넘칠 듯 넘실거린다. 뭐 이리 음식이 많은 건지. 그 뒤에서도 고등학생 정도 되어 보이는 여자애 하나도 비닐봉지를 바리바리 싸 들고 있었다. 여자애는 비닐봉지를 내려놓자마자 이쪽으로 성큼성큼 다가왔다.

"언니! 지금 여기서 뭐 하시는 거예요!"

"으악! …날 그냥 내버려 둬."

"아잇, 언니는 전부 치는 것밖에 안 했잖아요! 요리는 거의 나랑 어른들이 다 했는데 왜 이러실까? 그리고 거기!"

핵 돌아보는 모습에 나도 모르게 몸에 기합이 바짝 들었다.

"네."

"그쪽도 앉아있지 말고 도와요."

"아, 네."

그녀는 이연의 손목을 붙잡고 질질 끌고 갔다. 비유적인 표현이 아니라, 정말로 이연이 가지 않으려 자리에 주저앉았는데도 그대로 쟁기질하듯 끌고 가 버린 것이다. 나는 괜히 책잡히지 말자고 생각하며 그녀를 뒤따라갔다. 뒷문으로 나가 주방으로 가니 어른들이 꽤 있었다. 하긴, 대량 조리를 학생들만으로 하기는 힘들지. 얼마나 치열하게 요리했는지 주방 안은 한여름인 바깥보다도 더 더웠다. 이연은 투덜거리면서도 어린애만 한 냄비를 그 여자와 한쪽씩 들고 어기적어기적 걸어간다. 나도 다른 사람들과 함께 커다란 통바비큐 기기를 들고 안으로 들어갔다.

네 시쯤 되자, 지킴이들이 봉고차로 마을의 어르신들을 마을 회관으로 옮겼다. 그들의 품에는 슈리쥴리가 한 마리씩 안겨 있었다. 누군가는 검은색, 누군가는 검붉은색, 누군가는 푸른색…. 수 자체가 거의 없는 갈색이나 초록색 같은 색깔도 상당히 눈에 띄었다. 어르신들은 서로 인사하며, 슈리쥴리를 강당에 풀어놓았다. 슈리쥴리야 수명의 한계가 아직 밝혀지지 않았을 만큼 수명이 길기에, 어르신들과의 기력과는 별개로 쌩쌩하게 강당 안을 돌아다녔다.

슈리쥴리 카페 사장님이 데려온 해리는 처음 보는 동족 떼에 깜짝 놀랐는지 순간 멍하니 서 있다가, 이내 신이 난 듯 그들 무리로 뛰어들었다. 어르신들은 상 앞에 앉자마자 소주와 막걸리를 드시고, 나는 조금 떨어진 곳에서 음식을 집어먹었다. 곧이어 어린애들이와 떡이니 치킨이니 하는 것에 우르르 몰렸고, 장내는 금방 왁자한 분위기로 가득 찼다. 어르신들은 상 하나를 치우시곤 그곳에 화투판을 깔아, 옆구리에 작은 안주를 끼고는 노름을 시작하셨다. 그것을 시작으로 화투 상은 계속 늘어갔고, 아이 중 몇은 어른들께 애교를 부려 용돈을 얻어가기도 했다.

  일곱 시 반쯤 되며 슬슬 노을이 질 때쯤, 강당 문이 벌컥 열렸다. 그리고 천천히 걸어 들어오는 것은, 다름 아닌 드래곤. 그가 천천히 안으로 들어오자 주변에 있던 어르신들은 머리를 한 번씩 쓰다듬어 주고, 아이들 몇은 드래곤의 등에 올라탔다. 그러든가 말든가, 드래곤은 슈리쥴리 떼의 한가운데로 유유히 들어가서 똬리를 틀고 누웠다. 한창 뛰어놀던 슈리쥴리들은 똬리를 튼 드래곤을 발견하자 하나하나 그 위로 기어 올라가기 시작했다. 알록달록한 슈리쥴리의 마치 하나의 모자이크 같은 작품을 만들었다. 슈리쥴리 하나가 꾸물댈 때마다 모자이크가 조금씩 변해서, 마치 무엇이든 그릴 수 있을 것 같다는 생각이 들었다. 게다가 형형색색이게 뿜어지는 은은한 빛깔은 서로 뒤섞여 성스러운 새하얀 빛을 만들어 내 장관을 연출했다. 해리도 그 안 어딘가에 끼어들어, 눈을 감고 잠들었겠지.

  어르신 무리에서 빠져나온 회장이 내게 말을 걸었다.

  "이런 광경은 처음 보지?"

"어…."

"이렇게 크게 잔치를 하는 것은 드문데, 때를 잘 맞췄네."

"그러게…. 되게 예쁘다."

"이런 걸 보면 슈리쥴리라는게 참 신비로운 생명체라는 생각이 들어. 인공이니 감정을 먹니 그런 게 아니더라도, 그냥 그 자체가. 태생이든 쓸모든, 그게 뭐 그리 중요하겠어. 지금 이렇게 아름답게 빛나면 된 거지."

그의 말에 마음이 동했다. 처음 강연을 들으며 느꼈던, 모든 슈리쥴리는 아름답다는 말이 떠올랐다. 어떤 색이든, 어떤 형태든, 어디에 있든. 모든 것은 사랑받을 가치가 있다는 그의 말이 무척 따뜻하게 와닿았던 기억이 난다. 회장은 내 시선 앞에 고개를 불쑥 내밀었다. 그리고 환하게 웃으며 말했다.

"그러니까! 우리 슈리쥴리 지킴이 활동도 매 순간 빛나고 알차게 해 보자!"

그리고 입에 늘 붙이고 사는 그 말.

"뜻을 나눈 친구가 진정한 친구니까!"

그날, 강당을 가득 채운 분위기 탓일까. 아니면 회장의 이야기가 감동적이었던 탓일까. 가슴이 벅차오르는 느낌이 들어, 나도 밝게 웃으며 말했다.

"그래!"

사람들은 슈리쥴리를 숨기지 않고, 슈리쥴리도 자유롭게 거리를 활보하는 평화로운 광경. 어른들은 기분 좋은 노름을 하며 시간을 보내고, 아이들은 맛있는 음식을 먹으며 여기저기를 뛰어다닌다. 해리는 처음 보는 슈리쥴리들과 뒤섞여 편안하게 잠들었다. 언제

도망칠지 몰라 전전긍긍했던 용용이도 드래곤의 머리 꼭대기에 얌전히 앉아 있다. 나는 그 근처를 노닐며 평화를 감상한다. 몇 달 전까지만 해도 대학 생활에 전전긍긍했는데, 슈리쥴리 지킴이에 들어온 이후로 모든 일이 잘 풀렸다. 나는 사람들에게 사랑받지 못하는 것이 아닐까 생각하며 인연이라는 것 자체를 포기하려 한 적도 있었는데, 이제는 그것이 아득한 옛날 일로만 느껴진다. 그리고 옆에는 본받을 만한 회장이 내게 함께 하자고 말하고 있다. 행복하다.

해가 다 지기 전에 어르신들을 집으로 태워다 드렸다. 나는 아직 면허를 따지 않았기에 마을 회관에 남겨졌는데, 청년회장은 뒤쪽에 휴게실이 있다며 나를 바래다주었다. 그곳에는 이연과, 그녀를 끌고 다녔던 여자 고등학생이 함께 있었다. 조금 전까지 관계가 다 잘 풀린다고 말하긴 했지만, 여자 고등학생은 아직 전혀 모르는 미지의 영역이었다. 나는 무슨 말을 해야 하나 감이 잡히지 않아서, 어색하게 인사를 건넸다.

"어…. 안녕하세요."

"아, 네."

그녀도 입을 다물었다. 요리를 나를 때 성격을 생각해 보면 낯을 가리는 성격은 아닌 것 같은데, 이상할 정도로 침묵이 흘렀다. 그녀는 이연의 귀에 대고 무어라 속삭이더니, 꾸벅 인사를 하고 휴게실에서 나갔다.

"뭐야? 무슨 이야기 했어?"

"그냥, 여기 사는 이야기 들었지."

"그런데 갑자기 왜 나가?"

"자기도 지금 봉고차 타고 나가야 집에 갈 수 있대."

생각보다 별 이야기 아니었구나. 나는 그렇게 생각하며 이연의 옆자리에 앉아 그녀의 어깨를 감싸 안았다. 이연도 내 어깨에 머리를 기댔다. 편안하다. 조금 전에는 강당에서 왜 회장의 시선을 신경 썼을까. 이렇게 있는 것이 좋으면 그걸로 된 건데. 내 품에 있던 이연이 먼저 말을 걸었다.

"있지, 해찬은 슈리쥴리 지킴이 활동 재밌어?"

"응? 당연하지. 왜?"

이연의 질문은 뜬금없었다. 지금까지 이연의 앞에서 슈리쥴리 지킴이 활동이 좋다고 매일같이 말해왔는데 새삼스레 물어보다니. 질문의 의도를 알 수 없었다. 이연은 눈을 감고 말했다.

"그냥. 애 이야기 듣다 보니까 슈리쥴리 지킴이 활동, 좋을지도 모르겠다는 생각이 들어서."

"무슨 이야기인데?"

"그냥, 사람들 자주 도와주고…. 말벗도 되어주고…. 또 부탁도 잘 들어주고 그런대. 자기도 나중에 대학 갈 때 도움받으려 하고 있고…."

문득 돌아오는 길에 회장이 했던 말이 생각났다. 슈리쥴리 지킴이는 큰 조직의 일부라고. 아마 같은 재단이라던가 하는 곳이 대학 진학을 도울 수 있는 거겠지.

"있지, 해찬."

"왜?"

"나 오늘 그 애를 되게 많이 관찰하게 된 것 같애."

"어땠는데?"

여기까지는 평소와 똑같은 대화였다. 이제 관찰한 것을 나에게 조잘대는 일만 남았다. 하지만 이연의 입에서 나온 것은 무척이나 낯선 말이었다.

"그런데… 말을 못 하겠어."

"…왜?"

왜인지 불길한 느낌이 들었다. 말로 표현하기가 어렵다는 것일까? 아니면 나에게 말할 수는 없다는 것일까? 하지만 이연은 그것조차도 말해주지 않았다.

"미안해."

이연이 내게 사과했다. 이전에도 미안하다는 말을 한 적이 몇 번 있었지만, 이런 느낌은 아니었다. 약간은 슬픈, 아련한, 이런 느낌의 사과는 처음 들어보는 것이었다. 하지만 이연이 어떻게 말했든, 내가 할 수 있는 말은 하나로 정해져 있었다.

"괜찮아."

그래야 이연이 상처받지 않을 테니까.

"정말?"

"응. 네가 말하기 싫으면 하지 않아도 돼."

그렇게 말하지 않으면 이연의 미안한 마음이 죄책감으로 번질지도 모르니까. 어떤 것을 숨기는 것인지는 모르겠지만, 이렇게까지 평소와 다른 행동을 하는 것을 보면 그녀에게는 꽤 중요한 이야기일지도 몰랐다.

"고마워."

이연이 내 가슴에 얼굴을 묻으며 나를 꼬옥 안아주었다. 나도 그녀의 등을 쓸어 주었다. 그녀가 다시 말했다.

"나도 슈리쥴리 지킴이 활동, 열심히 해볼게."

무척이나 바쁘고 힘든 하루였다. 여섯 시에 일어나 덜컹거리는 포터의 진동을 온몸으로 받으며 세 시간 동안 달리고, 뜨거운 뙤약볕을 오다니며 가스통을 배달했으며, 돌아와서는 백 명이 넘는 사람이 오는 잔칫상을 차렸다. 피곤한 일이 겹치고 겹치며 과도하게 분비되었던 아드레날린은, 아름다운 슈리쥴리 모자이크를 마주하며 분비된 도파민과 함께 정신을 녹초로 만들었다.

감정에는 작용과 반작용이 있다. 각성하여 있던 시간만큼 푹 가라앉아, 멜랑꼴리한 감정이 슬그머니 고개를 들었다. 그런 감정이 든 건 나쁠까? 심지어 사람을 예민하게 만드는 밤과 흥분하게 만드는 술이 함께 있는데 말이다. 돌아보면 그때 모두 나와 같은 감정이었던 것 같지만, 그때는 몰랐다.

해가 완전히 지고, 문화회관은 우리의 차지가 되었다.

"다들 고맙다! 어르신들도 너희 칭찬 진짜 많이 하시더라!"

청년회장은 웃으면서 건배사를 했다.

"공진군과 슈리쥴리 지킴이의 연대를 위하여!"

"위하여!"

힘찬 외침과 함께 잔이 부딪치고, 오늘 있었던 일들이 와자하게 오갔다. 다들 자신이 맡았던 마을의 어른뿐 아니라 다른 팀이 갔던 마을의 어르신들도 잘 알고 있는 것 같았다. 심지어 오늘 가지 않은 도시 이야기까지 하는 것을 보니, 공진군 일 만 인구를 다 아는 건가 싶을 정도였다. 알아들을 수 없는 말이 이러쿵저러쿵 이어지는데, 나는 영 대화에 끼질 못했다. 모르는 내용인 것도 있었지만, 이연과의 대화가 여전히 신경 쓰이는 것도 있었다. 아니면 이연에게 토했다는 말을 들은 이후로 술을 마시지 않아서 분위기를 못 타는 것일지도 모른다. 나는 회장을 한 번 보았다. 이렇게 겉돌 때면 늘 나를 챙겨주곤 했는데, 오늘은 그저 신나게 떠들고만 있다. 조금 전까지 함께 슈리쥴리 지킴이를 하자며 환히 웃어주었으면서. 이연도 건너편에서 혼자 술을 홀짝이고 있었다. 같이 나갔다 오자고 메시지를 보냈지만, 그녀는 나를 보고 고개를 저었다. 이상하다. 조금 전까지만 해도 굉장히 행복했던 것 같은데.

지루한 술자리가 계속되었다. 사람들 속에 혼자만 유리된 것 같은 기분이 들자, 계속 학창 시절이 떠올랐다. 한참 혼자 술을 홀짝이다 밖으로 나오니, 그제야 회장이 나를 따라 나왔다.

"왜 그래?"

"아니, 그냥."

나도 모르게 퉁명스러운 말이 나왔다. 회장은 피식 웃더니 내 머리를 쓰다듬었다.

"모르는 이야기만 계속 나와서 심통 났구나?"

평소 같았으면 따뜻한 말이라고 생각했겠지만, 피곤해서인지 짜증이 났다. 알면서도 왜 그런 거야? 함께 빛나고 알찬 슈리쥴리 지

킴이 생활을 하자고 했으면서. 하지만 그렇게 말하면 좀생이 같을
까 봐 입을 다물었다.

"미안해. 다들 오랜만에 본 거라."

"지난달에도 했을 거 아니야."

"지난달에는 이렇게 다 오는 자리가 아니었어. 그냥 동네 분들
몇 분 정도였지."

"그래?"

"응. 믿어줘."

회장의 말을 들으니 정말 그럴지도 모른다는 생각이 들었다가,
마음을 다잡았다. 회장은 따뜻한 목소리를 가져서, 자칫 잘못하면
그의 말에 홀랑 넘어가 버릴지도 모른다. 지금도 아무런 논리 없이
말하는데 혹하지 않았나.

"안 돼."

"그러지 말고. 왜 상처받았는지 알려줘."

회장은 내가 상처받았다고 말했다. 상처받았나? 아니다. 상처받
을 일이 뭐가 있다고. 그냥 조금 외로워서 그런 것뿐인데.

"아니야."

그렇게 말하면서도 한편으로는, 회장이 내게 더 물어봐 주었으면
했다. 왜 화가 났냐고, 말해주면 자기가 고쳐 보겠다고 말하길 바
랐다. 왜 그렇게 생각했는지는 잘 모르겠다. 기분이 우울했다. 이
전에는 술을 마셔도 그런 적이 없었는데, 오늘은 유독 우울하다.
회장이 좀 더 내게 관심을 주었으면 좋겠다. 그리고 내 바람대로
회장은 관심을 주었다.

"괜찮아."

조금 다른 방식으로.

"이제 너도 곧 우리와 한뜻을 가질 거니까."

한 뜻. 그래. 회장은 자주 말했다. 뜻을 함께하는 것이 진정한 친구라고. 그래, 그랬지. 그리고 오늘, 슈리쥴리 모자이크를 보며 앞으로 함께 하기로 약속했지. 이제 나와 회장은 진정한 친구가 되기로 약속했다. 회장은 좋은 사람이니까, 약속을 어기지는 않겠지. 응, 맞다. 그렇다. 졸려서인지 머리가 제멋대로 문장을 만들어 낸다. 우리는 문화회관 근처를 한 바퀴 돌았다. 귀뚜라미 소리가 찌르르 귀를 울리고, 쓰르라미 소리가 옅게 깔린다. 나는 회장의 손을 잡고 다시 안으로 들어갔다. 지킴이들 몇은 이미 방으로 들어갔는지 자리가 많이 비어 있다. 이연의 자리도.

"이연은?"

회장에게 물었지만, 그도 나와 함께 밖에 있었으니 알 턱이 없었다. 대답을 해 준 것은 청년회장이었다.

"걔는 아까 부회장이 데리고 자러 갔어. 애가 되게 조용하더라."

네가 마음에 안 드는 거겠지. 나는 속으로 떠오른 한 마디에 흠칫 놀랐다. 너무 무리를 많이 했나? 생각이 다른 때보다 극단적인 것 같다. 나는 최대한 아무 말도 하지 않겠다고 다짐하며 자리에 앉았다. 청년회장이 물었다.

"그러고 보니 해찬은 슈리쥴리 지킴이 활동, 할 만해?"

"뭐… 그렇지."

"계속할 거야?"

오늘 마을을 도는 내내 회장이 받았던 질문을 내가 받았다. 나는 그 질문이 정확히 무슨 의미인지 몰라 의아하긴 했지만, 내심 그와 비슷한 취급을 받아 좋기도 했다. 그때, 회장이 중간에 끼어들어 청년회장을 말렸다.

"아직 해찬이는 잘 몰라."

"그래? 그래도 곧 이 학기 시작할 때인데, 슬슬 알아야 하지 않아?"

"이제 알려 줘야지."

이번에도 내가 모르는 이야기. 심지어 내 이야기인데도 나는 모른다. 방금까지는 이럴 때 꿍 해있었지만, 방금 회장의 이야기로 용기가 생겼다. 이제 회장과 한뜻을 가지고 같은 배를 타는데, 내가 모르고 있는 것이 있어서는 안 된다.

"그냥 지금 알려주면 안 돼?"

"지금?"

"응. 뜻을 나눈 친구가 진정한 친구라며. 슈리쥴리 지킴이 일이면 나도 알아야지."

말을 조금 횡설수설하긴 했지만 무슨 말인지 대충 알아들었을 것이라 믿는다. 회장은 고민하는 듯했고, 청년회장은 그냥 말 해줘 버리라며 회장을 재촉했다. 그의 성화가 얼마나 효과가 있었는지는 모르겠지만, 회장은 결국 진지한 눈빛으로 입을 열었다.

"공진군은 사실, 우리 단체들 간의 연락 조직망이야."

회장과 청년회장은 나에게 슈리쥴리 지킴이에 대한 이야기를 해주곤 금방 자러 들어가 버렸다. 지금 생각하면 회장도 긴 노력이 결실을 보았다고 생각하여 긴장이 풀린 것이 큰 것이었으리라. 내게도 같이 들어가자고 했지만 나는 바깥을 한 바퀴 걷고 오겠다고 말했다. 나는 갑작스레 커진 스케일에 적응하지 못했다. 전국 단위의 정치 조직이라던가, 공진군을 시작으로 국회 의석을 차지하는 것이 목표라거나, 회장은 조직 내 다른 단체에서도 스카우트하려 했으나, 내년 선거에서 국회의원 보좌관이 되려 준비 중이라던가…. 갑자기 모든 일들이 커져 버렸다.

문화회관을 나오니 회장과 함께 들은 쓰르라미와 귀뚜라미가 똑같이 울고 있다. 빛이 사라지면 바깥의 풍경은 거기서 거기인 것 같다. 별이 움직이고 달이 움직이더라도 그 어둠 아래 있는 나는 잘 모른다. 그저 어둡고, 풀벌레 소리가 들린다는 것밖에는. 그 똑같아 보이는 풍경에 다른 것이 하나 있다면, 이번에는 이연이 풍경의 가운데를 지키고 있다는 것이다.

"다 마셨어?"

"그렇지."

아니. 조금 전에 생각했던 것은 취소다. 누가 함께 있느냐는 모든 풍경이 달라 보이게 할 정도로 큰 것이다. 오늘 하루 내내 이연과 떨어져 있었다. 아침에는 각자 집 앞에 데리러 온 지킴이의 차를 탔고, 점심에는 다른 곳에서 일했으며, 저녁에는 다른 곳에서 휴식을 취했다. 그리고 이제서야 이연을 마주했다. 그렇게 기운 넘치게 다닐 때는 보이지 않더니, 착 가라앉은 다음에서야 그녀를 마주했다. 그래서일까. 유독 그녀 머리 뒤로 밝혀진 별이 밝게 빛나는 것 같았다. 달빛도, 불어오는 바람도, 회장과 함께 있을 때와는 모든 게 다르게 느껴졌다.

"오늘 나한테 너무 무관심한 거 아니야? 사람들이랑 즐길 거 다 즐기고 뒤늦게 찾아오는 거 아니냐구. 이러다 나 잊어버리는 거 아니야?"

빈정거리는 말과는 달리 이연의 표정은 화사하게 웃고 있다. 잔다고 들어간 지 한 시간은 되었을 텐데, 아직 술이 덜 깬 건지 얼굴이 붉다. 그렇게 혼자 술을 마셔댔으니 어쩌면 이게 꽤나 호전된 상태일지도 모른다. 나는 미안하다고 말했다.

"미안하면, 와서 안아줘. 나 오늘 외로워."

나는 정자에 앉아 이연을 안아주었다. 그녀는 안기 쉽게 몸을 돌려 내 옆면에 찰싹 붙었다. 여태 몸이 닿는 경우가 많기는 했지만, 이렇게 본격적으로 몸이 밀착되어 오니 조금 부담스러웠다. 하지만 밀어낼 수는 없었다. 이연이 상처를 받을까 걱정이 되기도 하고, 단순히 그 몸이 부담스럽기도 했다.

"있지, 오늘 내가 걔 보면서 무슨 생각 했는지 궁금하지 않아?"

"궁금해."

"알려줬으면 좋겠어?"

"응."

이연은 내 품에서 조금 벗어났다. 그리고 정자에 벌러덩 드러누웠다. 나도 그녀를 따라 드러누웠다. 그녀는 내 손만 잡은 채 말을 꺼냈다.

"오늘 만난 애, 아직 고등학생이래."

"그렇구나."

"고등학생인데, 부모님이 직장에 슈리쥴리 색을 들켜서 여기까지 내려왔대. 의사랑 약사시라는데, 그쪽 판이 좁아서 계속 서울에 있기는 무리라나."

"힘들었겠네."

"뭐, 그래도 의사니까. 여기서 작은 병원 열어서 어르신들 건강 봐 드리고 한다는데…. 돈 적게 버는 거야 그렇다 쳐도, 자기는 무슨 죄가 있어서 여기까지 와야 하는지 모르겠다더라. 차라리 고등학교를 기숙사가 있는 곳으로라도 보내 달라나."

"그럼 좋겠네. 그런데 왜 안 그랬대?"

"기숙사로 가더라도 슈리쥴리는 데리고 가야 하잖아. 그게 법이니까. 부모님이 그것 때문에 결사반대하시더라고."

"왜? 무슨 색인데?"

"애는 빨간색이야. 아마 불만이나 화, 이런 것 때문이겠지. 본인은 열정이라고 잘 말하고 다닐 수 있다고 했는데도, 부모님은 불안한가 봐."

그 아이의 부모님 마음은 이해가 갔다. 나도 광산시로 대학을 간다고 했을 때 부모님이 많이 걱정하셨으니까. 물론 검푸른색에 비하면 빨간색은 마냥 터부시되는 색은 아니었지만, 그래도 자식 있는 부모 마음에 어찌 근심이 없을 수 있을까. 이연은 다음 말을 바로 잇지 못하고 한참을 망설였다. 나는 아무 말도 하지 않은 채, 가만히 기다렸다.

"있지, 해찬아. 우리 어머니는 슈리쥴리 보호소를 하셨어."

이연이 처음으로 자신의 가정사를 입에 올렸다. 나는 숨을 죽인 채 그녀의 말을 들었다.

"뭐, 말하지만 길긴 한데…. 지금 이야기할 건 아니니까."

"아니야, 말해 줘."

"왜?"

"그냥. 너를 더 알고 싶어서."

그녀가 고개를 돌리는 소리가 났다. 나도 그녀를 마주 보았다. 그녀는 히 웃었다. 나도 따라 웃었다. 그녀는 말했다.

"아냐. 괜찮아."

"응?"

"그냥, 모른 채로 날 사랑해 주면 안 될까?"

그녀는 아무렇지도 사랑이라는 단어를 입에 올렸다. 그녀의 입에서 처음 나온 단어였다. 아마 술기운 때문이리라. 그리고 그 말이 나왔을 때, 내가 할 수 있는 말은 하나밖에 없었다.

"응. 사랑해."

내 말을 들은 이연은 놀란 표정을 지었다가, 울상을 지었다. 그녀의 눈에서 닭똥 같은 눈물이 뚝뚝 떨어졌다. 나는 옷 소매로 그녀의 눈물을 닦아주었다.

"정말 날 사랑해?"

울먹거리는 목소리. 나는 그녀가 상처받지 않을 유일한 말을 해주었다.

"그럼. 지금까지 이렇게 지냈는데, 사랑하지 않을 리 있겠어?"

"고마워. 정말 고마워."

그녀는 흐느꼈다. 왜 이렇게 우는 걸까. 그녀는 꽤나 예쁘고, 꽤나 성격이 좋고, 꽤나 애교가 많으며, 꽤나 멋진데. 그녀는 한참을 흐느끼다, 다시 입을 열었다.

"슈리쥴리 보호소는 정말 잔인한 곳이야."

모른 채로 사랑해 주겠다고 말하는 사람을 그냥 둘 수는 없는 거였을까. 이연은 입을 열었다.

"맞아. 애초에 슈리쥴리를 보호하겠다는 생각을 하지 않아. 보호소에 온 절대다수가 자신의 마음에 안 드는 색을 발현해서 유기된 슈리쥴리니까. 찾을 주인도 없지."

슈리쥴리를 키우는 게 의무가 된 이후로, 슈리쥴리를 잃어버렸다고 신고하면 새로운 슈리쥴리를 분양시켜 준다. 물론 사람이 하루아침에 바뀌진 않겠지만, 정신과를 병행하여 감정 상태를 조절하거나 다른 사람의 집에 몰래 보내서 색을 조작하는 경우가 있다고 들었다. 그런 사람들이 버린 슈리쥴리가 보호소로 가는 것이라고, 고등학생 때 책에서 읽었다.

"슈리쥴리의 생명력은 정말 질겨. 튼튼하고, 병에도 안 걸리지. 한 달을 굶어도 죽지는 않아. 그런데 보호소 크기에는 한계가 있잖아. 어떻게 하는 줄 알아?"

"죽이겠지?"

"맞아. 믹서기에 넣고 갈아버려."

아무리 생명력이 질겨도 가루가 되면 살 수 없거든. 이연은 내 품 안에서 그렇게 말했다. 더운 여름인데도 등골이 서늘해졌다.

"우리 집은 딱 이런 시골이었어. 아버지는 이혼, 어머니는 시골에서 슈리쥴리 보호소를 운영했지. 가난해서 나랑 어머니 둘 다 보호소에 딸린 작은 방에서 지냈어."

그녀는 어릴 적부터 생명체가 갈리고 짓이겨지는 광경을 너무 많이 보았다. 누군가에게는 사랑받았을, 혹은 누구에게도 사랑받지 못했을 생명들이 갈려 나가는 것을 볼 때마다 자신의 친구인 용용이를 더욱 꼬옥 안았다. 혹시 자신이 없는 동안 어머니가 실수로라도 용용이를 갈아버릴까 봐 불안하여 매일 학교에 용용이를 데리고 다녔다. 동급생들에게 들켜도, 따돌림을 당해도 아랑곳하지 않앉다.

"그러다 부모님 둘 다 돌아가셨어. 이혼했으면 그냥 쭉 그렇게 살지, 여행한답시고 둘이 만났다가 교통사고로 한 번에. 그리고 광산시에 살던 아버지의 집은 내 거. 그런 거야."

이연은 말하고 나니 후련하다는 듯 숨을 몰아쉬었다. 나는 위로의 의미로 머리를 쓰다듬어 주었다. 슈리쥴리 보호소. 그곳을 다룬 책은 거의 없다. 국내에도 몇 곳이 있다는데, 대부분 외진 시골에 위치한 데다 노출을 극도로 꺼리고 있어서 정확히는 알기 힘들었는데, 믹서기에 넣고 갈아버린다니…. 그 귀여운 슈리쥴리를….

"오늘 그 고등학생 애도, 슈리쥴리 보호소를 한대. 정말 미쳐버릴 것 같다는 거야. 그래서 떠나고 싶은데, 무작정 나갈 수가 없으니 너무 힘들대."

그렇구나. 그냥 갑자기 그렇게 말한 게 아니었다. 옛날 자신을 떠올린 것이다.

"그런데 저렇게 당차게 있는 걸 보니까, 옛날 나는 왜 그렇게 못했을까 싶기도 하고…. 한편으로는 그런 애들이 나를 보면서 희망을 좀 가졌으면 좋겠는데, 지금 나는 너무 어리고 약해. 의존적이고, 떼만 쓸 줄 알고…."

그리고 그녀는 지금, 세상으로 나오려 하는 중이다. 나는 조금 의욕을 북돋아 주려 말했다.

"아니야. 이연, 굉장히 멋있는 사람인걸."

"정말?"

"그럼. 세심하고, 다른 사람을 이해하려 주의 깊게 보고…. 이연은 정말 따뜻하고 훌륭한 사람이 될 수 있을 거야."

이연이 내게서 살짝 떨어졌다. 그리고 빙긋 웃었다.

"고마워. 그동안 의지할 수 있게 해 줘서."

그리고 말했다.

"나도 너처럼, 다른 사람들의 희망이 되어줄 수 있으면 좋겠어."

이연의 고백과 함께 그녀의 사랑은 끝났다. 돌이켜보면 그것은 예견된 수순이었다. 우리 사이에 있었던 무언가를 사랑이라고 할 수 있을까? 그것은 사랑이라기보다는 서로에게 애정을 갈구하는 아귀에 가까웠다. 적당한 다른 사람이 있다면 그것으로도 채울 수 있는, 헛헛함과 외로움에 가까운 무언가. 하지만 마냥 그렇게 칭하기에는 좀 더 애정과 갈구가 섞여 있는 병적인 무언가. 그렇기에 이연이 삶의 보람도 희망도 없는 바보로 자라지 않는 이상, 언젠가 목표를 찾는 순간, 끝날 수밖에 없는 감정이었다. 하지만 그것은 나도 마찬가지였다. 슈리쥴리 지킴이에 들어가고 회장을 만나며 이연에 대한 관심을 눈에 띄게 거두었으니까. 결국 우리는 둘 다 똑같았다. 아니, 어떻게 보면 내가 더 악질이었다.

그날 이후로 이연은 이전과 전혀 다른 사람이 된 것 같았다. 우리 둘만 있을 때 보여 주었던 애교 많고 칭얼거리는 어린아이 같은 모습은 더 이상 볼 수 없었다. 대신 그 자리를 슈리쥴리 지킴이 활동으로 채웠다. 자진해서 취재록을 잡지에 싣겠다고 나서고, 몇 번씩 공진군으로 가 인터뷰를 따오기도 했다. 몇 번 같이 가주겠다고 했지만 거절당했다.

"걔들이 좋아서 열심히 하는 게 아니야. 걔들이 아무리 싫어도, 내가 돕고 싶은 사람들이 있으니까 하는 거야."

확실히 이연은 변했다. 과거 자신 같은 사람들을 위해 살겠다는 다짐이 보였다. 그저 사랑받고, 관심받는 것이 아니라 누군가에게 무언가를 주겠다는 새로운 삶의 목표를 손에 쥔 채, 새로운 세상에 발를 디뎠다. 물론 그것만으로는 잘 이해가 되지 않는 부분도 있었다. 이연은 마치 자신이 억눌러오던 무언가를 벗어 던진 것처럼 행동했다. 열심히 사는 것이라기보다는, 거침이 없이 행동하는 것에 가까웠다. 이전까지 이연을 망설이게 한 것이 무엇인지, 그리고 그 변화가 좋은 것인지는 판단할 수 없지만 그저 받아들일 수밖에 없다. 지금 당장은 저 모습이 어색해 보이더라도 언젠가는 저 모습이 진짜 모습이 될 것이고, 그때는 정말 많은 사람들의 희망이 될 것이다. 축하해 줄 일이고, 마음이 기쁘기도 하다. 하지만 마음속 한 구석에는, 이전의 이연을 보고 싶은 감정이 남아있다. 슈리줄리 지 킴이 활동을 싫어하더라도, 나와 함께 시간을 보내며 실없는 이야기를 하는, 가령 어떤 옷이 예쁘냐고 물어보거나 내 고등학생 시절 머리를 보고 깔깔대는 것 같이, 그냥 정말 가벼운 이야기. 가끔 우리 집에 와 용용이를 안은 채 머리를 쓰다듬고, 같이 극장에 가 만화영화를 보며 뭐가 재미있었는지 이야기하는, 그런 거.

나에게도 변화는 찾아왔다. 팔 월 중순이 되며, 나와 이연은 본격적으로 신입을 맞이하기 위한 교육을 시작했다. 꼭 들어가고 싶었던 목요일 모임. 하지만 그곳에서 이야기되는 내용은 내 상상과 너무나도 달랐다.

"신입생들이 도망치지 않게 하려면, 처음에 되게 잘 대해줘야 해."

회장의 첫 마디. 이때까지만 해도 나는 열심히 듣고 있었다. 하지만 신입생 대응 매뉴얼을 보며 나의 마음은 조금씩 의심으로 물들기 시작했다. 처음 본 오리엔테이션 매뉴얼은 이랬다.

> (1) 회장은 모든 것을 다 알고 있는 분위기를 풍기도록 한다.
> (2) 부회장은 조금은 칭얼대고 친근한 사람으로 넣어, 회장을 중심으로 집결하게 한다.
> (3) 인생 그래프 그리기를 꼭 넣도록 한다.
> (4) 인생 그래프 시간에서, 회장이 가장 먼저 발표하며 회장은 최대한 어두운 내용을 말함으로써, 신입생이 상처를 원활하게 드러낼 수 있도록 한다.

그렇게 죽 이어지는 번호들. 지킴이들은 내게 이것을 보여줄 때 환하게 웃고 있었다. 나는 그 광경이 믿기지 않았다. 오리엔테이션뿐만이 아니었다. 처음 했던 조직 적응 커리큘럼, 슈리쥴리의 역사 커리큘럼, 슈리쥴리의 기전 커리큘럼…. 어떤 책을 쓸지는 물론이고 누가 먼저 말할지, 어떤 역할을 맡은 사람이 어떤 내용을 말할지가 매뉴얼로 이미 전부 나와 있었다. 신입생이 어떻게 행동하는

가에 따른 대응까지, 전부. 심지어 타지의 조직 사람을 어떻게 만날지까지도.

"너희 때는 이게 공진군 청년회장님이었는데, 아마 구월부터는 다른 사람으로 바뀔 확률이 높아. 아마 부수광역시 사람이긴 할 건데, 아직 정확히 정해진 건 없어."

회장은 잔잔한 목소리로 설명했다. 나는 그 광경이 지극히 비현실적으로 느껴졌는데, 이연은 표정 하나 변하지 않고 고개를 끄덕였다. 나는 어정쩡하게 서 이야기를 들었다.

"이번 신입생 모집에서 중요한 것은 너희와 다른 역할을 할 사람을 뽑는 거야. 내가 지켜보았을 때, 해찬이는 교육국 쪽으로 넣었으면 좋겠고, 이연은 집행국 쪽으로 넣었으면 하는데 어때?"

회장의 말에 이연은 빠르게 답했다.

"난 사업국이 더 좋은데. 좀 더 대외적인 활동을 하고 싶어."

"마음은 알겠지만, 아직 나는 너에 대한 신뢰가 없어. 대외적인 활동을 하고 싶으면 한 학기 정도는 성의를 보여야지."

이연은 혀를 한 번 차더니 알았다고 말했다. 이상했다. 목요일 모임은 내가 아는 슈리쥴리 지킴이가 아닌 것 같았다. 회장의 따뜻했던 분위기는 온데간데없고, 필요에 의해 움직이는 차가운 계산기가 그곳에 있었다.

"해찬이는? 교육국 괜찮아? 스터디 이끄는 역할인데, 너희 때는 나랑 부회장이 돌아가면서 했거든. 그걸 맡으면 돼."

회장은 당연히 내가 동의할 것이라는 듯이 말했다. 차갑지만 이연과는 달리 신뢰하고 있다는 것만큼은 느껴졌다. 나는 얼떨떨하게 알았다고 했다. 한편으로, 내가 이곳에서 안 하겠다고 하면 어떻게 되는 건지도 걱정되었다. 내가 맡지 않는다고 하면, 나는 강퇴라도 당하는 걸까?

"저기, 그런데. 조금 갑작스러워서 잘 이해가 안 되어서 그러는데…."

나는 기어들어 가는 목소리로 말했다. 슈리쥴리 지킴이들이 일제히 나를 보았다.

"매뉴얼…. 꼭 따라야 하는 거야? 신입생들 입장에서는 좀…."

좀, 다음에 적당한 말이 떠오르지 않았다. 기만당한다고 생각하지 않을까? 사이비 종교 같다고 생각하지 않을까? 나중에 배신당했다고 생각하지 않을까? 전부 내가 하고 싶은 말인데, 그렇게 말하면 안 될 것 같았다. 회장은 내가 무슨 말을 하려는지 안다는 듯, 내 눈을 똑바로 보며 말했다.

"해찬아. 너는 친구를 사귈 때 어떻게 사귀었어?"

"어?"

나는 순간 말문이 막혔다. 친구를 사귀어 본 적이 없기 때문이다. 하지만 그렇기에, 다음에 회장의 말이 틀렸다는 것을 알 수 있었다.

"처음에는 그 사람이 바라는 것을 해주는 거야. 칭찬을 해주고, 좋아하는 취미에 맞춰주고, 웃어주고…. 그러다 점차 믿을만한 사람이라고 생각되면 그때 솔직한 면을 보여주는 거지. 해찬아. 여기도 똑같아."

회장이 하는 말은 너무나 익숙했다. 이럴 때마저 회장은 내가 평소에 생각했던 것과 비슷한 말을 하고 있다. 하지만 그때는 위로로 다가왔던 게, 지금은 왜 이렇게 아프게 다가오는지.

"처음에는 익힌 고기를 주다가, 점차 날고기를 줘야 도망치지 않지."

바깥을 돌아다니던 해리가 순수한 검은빛을 뿜으며 내 허벅지 위로 올라왔다.

슈리쥴리 지킴이들과 나의 의견 차이는 좁혀지지 않았다. 나는 다양성을 중요시하던 그 아이들이 신입생을 세뇌하려 한다고 생각했다. 신입생은 서로 알지도 못하는 소수고, 절대다수가 목요일 모임에서 미리 작당모임을 한다면 어떻게 자기 생각을 굽히지 않을 수 있겠냐고. 슈리쥴리 지킴이들은 그 애들도 이제 성인인데 자신이 알아서 간수해야 한다고 말했다.

하지만 나는 알고 있다. 내가 그렇게 성을 낸 것은, 그들이 나에게도 그렇게 했기 때문이라고. 진정한 친구 운운하더니, 그 모든 것이 거대한 하나의 트루먼 쇼였다는 것이 너무도 비참하고 한탄스러워서 이렇게 화를 내는 것이라는 것을 자신도 알고 있었다. 그리고 그들이 성인 운운하는 것도 기만이라고 생각했다. 그들은 신입생과 함께 활동 방향을 정하자는 나의 말에, 슈리쥴리 지킴이를 없애려 하는 종자라고 말했으니까. 그들은 그저 슈리쥴리 지킴이를 통로로 사회에 진출하려는 자신의 길이 막힐까 우려될 뿐인 거다. 그저 이 단체를 잘 유지해서, 계속 세력을 유지하고 싶은 녀석들.

나는 이연에게 말했다. 이런 곳, 나와버리자고. 다른 사람들의 희망이 될 방법은 여기가 아니어도 많다고. 하지만 이연의 반응은 싸늘했다.

"몰랐어? 이런 곳인 거."

"뭐?"

"처음에 말했잖아. 여기 애들 이상하다고."

"그때부터 알고 있었던 거야?"

"그건 아니지만…. 낌새는 느꼈어."

이연은 그렇게 말했다. 관찰력이 좋은 이연이니까 알 수도 있을 것이다. 하지만 고작 술자리 한 번 가진 걸로 바로 아는 것이 가능할까? 그 해답은 간단했다.

"…우리 어머니가 운영했던 슈리쥴리 보호소가, 여기랑 같은 조직이었거든."

그날, 나는 슈리쥴리 지킴이를 나왔다. 그들은 더 이상 연락을 받지 않았다. 그 이후로도 이연에게 연락을 몇 번 했고, 또 몇 번 만나기도 했으나 매일 보던 만남이 일주일에 한 번 정도로, 한 달에 한 번 정도로 점차 줄어들다가 스무 살이 끝날 즈음에는 아예 연락되지 않게 되었다.

해리. 나는 다시 해리와 함께 살아갔다. 이제는 완전히 새까매져 버린 해리. 늘 의문이었다. 나는 충분히 행복했다. 그래서 푸른색이 미미하게나마 줄어들고 있는 것도 이해했다. 그런데 왜 노란빛은 전혀 띠지 않고 검은빛만 깊어지는 걸까. 그 답을 알게 되었다. 처음부터 내가 행복이라 생각했던 모든 것들은 오직 내 안에서만 존재하는 것이었기에, 검정이 갈수록 짙어졌던 것이다. 배려라고 생각한 것도, 사랑이라고 생각했던 것도, 친구라고 생각했던 것도 오직 나만이 옳다고 생각한 배려, 나만이 생각한 사랑, 나만이 생각한 친구. 완고함, 의지, 사회성 부족, 고집…. 이 모든 것을 아우르는 한 단어, '자기 폐쇄성'. 그런 것이었다.

시간이 흐르며 나도 졸업을 했고, 광산시 공동체 연합회에서 일하게 되었다. 여전히 내 사회성은 바닥이었지만, 오히려 그렇기에 성공시킬 수 있던 일들이 있었다. 그 어떤 타인의 사정을 고려하지 않은 채, 원리원칙으로 밀고 가다 보면 내 일 처리에는 의문을 제기할 수 없었다. 이따금 욕을 하는 사람들은 있었지만 적어도 간부진은 욕먹는 것을 두려워하지 않는 나를 좋아했고, 공동체의 회장들도 단체를 운영하다 보면 결국 내 사정을 이해해 주었다. 그런 내 어깨에는 늘 해리가 앉아 있었다. 누구와도 친해지지 않으려 데리고 다녔던 해리. 아이러니하게도 그 사회성 없고 딱딱하다는 인식이 내게 신뢰를 주었다. 사랑을 밀어내니 신임을 얻었다.

이제 회의장에 도착했다. 차에서 내리니 사회문제연구회 회장이 내게 다가왔다. 나는 손을 저으며 보고는 필요 없다고 말했다. 어차피 뭘 들어도 내가 해야 할 일은 정해져 있으니까. 대신 부회장을 찾았다. 부회장은 바삐 내 옆으로 왔고, 나는 지시사항을 전달했다. 부회장은 그건 연합회 내부에서도 반대가 심할 것이라며 말리려 했지만, 나는 강행시키라 했다. 계획은 간단했다. 시위대 전체를 회의장에 초대하여, 강단에서 발언할 기회를 준다. 그리고 회의의 한 절차로 다시 그들을 떨어뜨리고, 그것을 회의록이라는 공식적인 기록에 남긴다. 공적인 자료로 정당성을 확보함과 동시에, 이것이 특별한 일이 아닌, 수많은 사업 계획 수립 중 극히 일부일 뿐인 것으로 격하시키는 것이다. 슈리쥴리 지킴이가 기적적으로 이 회장들을 설득한다고 해도, 내게는 모든 것을 무로 돌릴 사실이 있다.

'이연이 제 번호를 차단해서, 일 차 합격 메시지를 못 받은 걸 왜 연합회 탓을 하는 겁니까?'

여차하면 이연을 버리고서라도 나의 공동체를 지킨다. 저 멀리 삼십 명 정도 되는 시위대가 보인다. 회장님들과 일행을 합치면 이백 명은 넘겠지만, 삼십 명이 작정하고 정문을 막아놓으니 들어가지 못하고 있다. 그곳에서 확성기를 든 익숙한 얼굴이 보인다. 이연. 지금 내가 과거의 나와는 전혀 다른 사람이 되었듯, 이연도 마찬가지일 것이다. 시위대의 구호를 외치는 그 모습이 내 기억 속 이연과는 너무도 다르지만, 그래도 얼굴에 남아있는 추억이 내 마음 한구석을 아련하게 만들었다. 해리가 끔뻑끔뻑 눈을 뜬다. 선명한 파란 색과 짙은 검은 색이 공존하는 용용이가 눈에 띈다.

해리는 신이 나서 용용이에게 뛰어갔다.

밤바다

김효찬

밤바다

지금 이 순간은
기암절벽에 부딪히는 파도처럼
흔적도 없이 쓸려나갈 걸 알아

그래도
너랑 있는 이 시간들이
티끌만한 입자들이 서로를 간신히 지탱하고 있는
모래성처럼 우주처럼
눈물이 날 만큼 아름다워서

너를 이루는 모든 시간이 나였으면 좋겠어
기약할 수 없는 영원뿐만 아니라
내가 사랑하는 너를 만든 유년 그리고
네가 기억하지 못하는 너의 시간마저도

네가 있는 모든 공간을 내가 가득 채우고 싶어
우리가 같이 걷는 발자국뿐만 아니라
네가 홀로 있는 방을 채우는 생각덩어리 또는
네 폐부로 밀려들어오는 공기까지도

그렇게 네 전부가 나로 가득하다면
희미하게 멀찍하게 반짝이는 별이 아니라
내가 너의 항성이 된다면

네가 나 때문에 흘린 소금물이
이 해안을 가득 채울 때까지
너를 망가뜨리고 싶다면
그렇게 해서라도 네 숨에 나를 묶고 싶다면

지금 이 밤바다만큼
가늠할 수 없이 어두워도
너는 내 밑바닥까지 사랑해줄까?

서로를 녹여가는 우주 속에서

제 몸을 거세게 불태우는 태양들도
이렇게 보면 깜빡거리는 반딧불인데
우리가 서로를 놓지 않는 게
한낱 모래알보다 의미가 있을까

나는 그렇게 말했어
너는 이렇게 웃었지

멀리서 보면 인공위성보다 못한 별들도
어딘가 태양계의 주인인 것처럼

우주먼지인 너와 나도
서로에게는 항성보다 반짝거리잖아

손이 스치고
몸이 맞닿고
마음이 같이 흐르면

언젠가 하나의 용광로로 녹아
비익조처럼 연리지처럼
너와 나는 없어지고
우리만이 거세게 불타오르겠지

유독 뜨거웠던 네 손에서
작은 전류가 지직거렸어
별 하나가 손가락 사이를 관통하는 소리였어

비익조

같은 흉터를
메울 수 없는 수렁을 가진 사람은
서로를 알아볼 수 있어

밑바닥을 손톱이 빠질 때까지 긁어가면서
살아보고 싶다고 발버둥쳤었던 상흔은
평생을 그림자처럼 따라다니거든

반쪽짜리 날개와
반편이 몸뚱어리만 남은 우리는
그렇게 같이 날아보고 싶었어

하늘을 나는 순간들
마침내 멀쩡한 사람이 된 것 같던
그건 그냥 위로 추락하는 거였어

날 수 없다면
두 다리로 걸어보기라도 해야 했는데
홀로 살 수 있어야
같이할 수 있다는 걸 몰랐어

죽을 힘을 다해 날개를 퍼덕이는 게 아니라
깃털을 맞잡고 한 걸음씩 나아가는 것
그걸 너와 했었어야 하는데

내 두 발을 다시 걸어볼 준비가 되었는데
내 손은 이제 비어버렸네

욕창

살갗을 맞대고 있으면
내가 아닌 존재의 온기가
스물스물 나를 기어 올라와

여름에마저
에어컨 바람이 너무 추워서
그냥 사람이 필요할 때가 있잖아

손금이 맞물리는 사람을 만나면
마법처럼 별자리처럼 영원을 속삭이고
허무에서 눈을 돌리려고 몸을 맞대지

살점이 뭉크러질 때까지
피부가 숨쉴 수 없을 때까지
진물이 나고
역병처럼 궤양이 파고들 때까지

살짝은 어긋나야 간격이 생긴다는 걸
한 발짝 떨어져야 같이 걸을 수 있다는 걸
접붙인 곳은 부패하기 시작한다는 걸

알면서도 모른 척 하고 싶어지나봐
세상이 너무 추워서 그런가봐

인어

이루어질 수 없는 사랑만큼
더 빠져보고 싶은 수렁이 있을까

끝까지 나를 한 번 안 돌아봐줄 사람

그 등 뒤에서 나는 조용히
네 발치에나마 엎드린다
네가 밟고 지나간 그 온기를
온통 들이마신다

다른 사람을 보는 눈빛을 보고서는
또 나는 웃는다
그냥, 네가 웃길래

헛되게 보일만큼 마음이 깊다
깊어서 소용돌이도 일렁임도
모두 수면 아래서 굉음을 내며
목구멍 아래로 삼킨다

바다는 차갑다
포근한 물거품이 나를 감싼다

앞집 사람

안녕, 혼자 인사를 건네봐
유리 너머의 너는 듣지 못하겠지만

이제야 기지개를 피네
어제 늦게 들어가서 그런가봐
네 핸드폰을 주워준 사람이 나인 거, 기억해?

활짝 열리는 창문에
나는 또 커튼 뒤로 숨어버려
그림자 속에서만 네 연인이 될 수 있으니까

가느다란 홑겹의 잠옷과
발그레한 맨발
얄푸레한 손가락이 감싸는 머그컵과
바삭거리는 아침공기

정오의 햇빛 아래
네가 내 이름을 불러준다면
나는 행복해서 죽어버릴 텐데

아니, 내가 죽기보다는
네 주변의 벌레들부터 청소해야지
네가 처참하고 외로울 때
나만이 구원이 될 수 있도록

내가 네 축복에 발가벗겨지기엔
흉터에 구더기가 끓어
그러니까 네가 내 진창으로 추락해봐

폐부가 선뜩하게 차올라도
네 손끝이 나를 향해 허우적거린다면
그것이 내 구원일 테니까

나르시소스

어쩌면 스스로를 혐오하는 것도
수선화를 닮았는지도 몰라

깨져버린 거울 조각을 바라보면서
누더기가 된 나를 미워하는 것
그것을 제대로 마주하기 위해
스스로를 깎아내고 두드리는 것

고통은 끔찍했는데
그래도 눈을 뗄 수가 없었어
유리조각이 손가락에 박힐 때까지

붉은 물결이 호수를 타고 흐르는 순간
그때서야 알았어
이 거울만이 내 세상이 되었다는 걸
그 파편들은 나를 죽일 거라는 걸

나는 거울에 수백번 부딪히겠지
유리가 붉게 물들고
메아리만 남길 때까지

세상은 거울보다 넓었어
나는 수선화가 되기 전에 자리에서 일어났어
나를 너무 사랑하지도
미워하지도 않기로 했어
그래야 세상을 바라볼 수 있을 테니까

백희

최현옥

백희

　축하해. 나의 백 가지 희생을 기꺼이 삼킨 너는, 기어코 천사가
되었구나.

　나는 어항 속 금붕어가 되고 싶었다. 길 잃을 걱정 없는 한정된
공간에서 고요함을 맞이할 수 있다는 점을 동경했기 때문이다. 인
간은 고통을 기피하려는 기질을 가진 탓에 더욱 이루어질 수 없는
평온함을 꿈꾸기 마련이다. 그래서 안락한 죽음을 원하는 건 당연
하고 자연스럽다. 내가 원하는 평화는 물로 돌아가는 죽음이다. 인
간은 애초에 양수에서 나고 자란 존재이니, 생명이 탄생했던 곳으
로 돌아가 생을 마감하는 건 자연의 섭리에 순응하는 것과 다름없
었다. 물론 그중에서도 내가 물을 담아내는 곳은 조금 독특한 편에
속하기 때문에 다름을 이해하지 못하는 일부 사람들은 나를 별종

취급할 수도 있다.

　……희야!

　나만의 어항-그것의 생김새는 항시 변하지만 지금의 경우, 염소 냄새가 나고 바닥이 움푹 인 직사각형이다-에는 내가 직접 채운 물이 들어 있는데, 나는 대개 정화되지 않은, 날 것의 물을 선호한다. 맑은 물에서 오래도록 헤엄쳐 봤자 오래 살기밖에 더 할까. 더 이상 물이 들어차지 않을 정도로 수위가 위태로워지면 나는 어항으로 몸을 던진다. 태초의 상태로 돌아가려는 인간의 자발적 의지가 발동된 결과이니, 제 발로 물에 빠지는 삶은 결코 나쁘지 않았다. 그러니 그 누구도 나를 비난할 수 없었다.

　이소희!

　아니, 정정 해야겠다. 내게 비난을 퍼부어도 기특하게만 느껴지는 사람이 딱 한 사람 있다.

　언제부턴가 죽은 눈을 하고 있으면서도 내 곁을 떠나지 않는 아이. 이제는 몸이 다 커버렸어도 여전히 내 눈에는 철 지난 게임을 하던 소년으로만 비치는 아이. 그 애보다 어린 내가 이런 말을 하는 게 퍽 우습지만, 심통이 나면 패악을 부리다가도 결국 꼬리를 내리고 품속으로 들어오는 건 아이 아니면 개, 둘 중 하나인데, 사람한테 개라고 할 수는 없는 노릇이었으니까.

　순간 강한 악력에 멱살이 틀어 잡히고 이내 물 밖으로 꺼내진다. 더운 공기가 젖은 머리칼을 눅눅하게 덮친다. 내장을 쏟아낼 기세로 기침이 나온다. 시야가 갑자기 밝아져서 눈이 부시다. 그리고 어디론가 끌려가는 몸. 정수리 위로 뜨거운 숨결이 느껴지고 가슴 부근이 꽉 조여진다.

이렇게 절박하게 날 건져내고, 숨을 헐떡이며 염기 어린 눈물을 떨어뜨리는 모습이 사랑스러운 나머지 그 애의 **뺨**으로 손을 뻗어 살살 쓰다듬어주었다. 그럼 그 애는 강아지처럼 내 손바닥에 얼굴을 비빈다. 머리카락 끝에 매달린 물방울이 손에 닿아 없어진다. 나 때문에 젖은 네가 좋다. 역겨운 염소 냄새마저 향기롭게 느껴질 정도로.

만족스러운 미소를 머금으며, 그 애의 귓가에 속삭인다.

옳지, 잘했어.

쥬쥬팡 알아? 같은 모양 보석을 세 개 이상 맞추는 게임인데.

그걸 아직도 하는 사람이 있어?

여기 있네, 그 구닥다리 게임을 아직도 하는 사람.

나는 옆자리에 앉은 남자애를 힐끔거렸다. 굉장히 심각한 표정을 하며 휴대폰 액정을 응시하고 있길래, 집에 우환이라도 들었나 싶었다. 그러나 우연히 본 화면에 가지각색의 보석 모양이 빼곡히 채워져 있는 모습을 보고 실소했다. 게임 하나에 뭐 저렇게 진지한지. 양은 냄비에 담긴 라면을 한 젓가락, 손가락을 한 번, 다시 한 젓가락, 손가락. 재미없어 보이는 게임에 참 열성적이었다. 그는 주변 의식을 하지 않은 성격인지, 내가 대놓고 턱을 괴며 그를 지켜보고 있는데도 알아차리지 못했다.

그가 갑자기 들고 있던 젓가락을 내려놓고 화면에 시선을 고정한 채로 눈을 바쁘게 굴리기 시작했다. 아무래도 맞출 보석이 보이지 않는 모양이었다. 이상하게 나까지 덩달아 초조해져 고개를 길게 빼내어 같이 화면 속을 샅샅이 훑고 있었다. 타임아웃 7초 전이었다. 7, 6, 5, 4, 3……. 어! 여기!

외마디와 함께 다급하게 손가락으로 화면 한구석을 가리켰다. 그애의 당황한 눈빛이 고스란히 느껴질 정도로 어느새 그와 거리도 성큼 가까워져 있었다. 그러는 사이 귀여운 목소리가 게임 종료를 알렸다. 소리가 끊기자마자 나는 빠르게 몸을 물렀다.

"치즈떡볶이 나왔습니다~"

때마침 나온 음식이 아니었더라면 당황한 얼굴을 들켰을지도 몰랐다. 나는 창피함에 고개를 푹 숙인 채 열심히 떡을 집어 먹었다. 그 애도 게임을 끄고 남은 라면을 조용히 건져 먹고 있는 것 같았다.

다행히 시간이 지나니 심장 박동이 정상으로 돌아왔다. 정신을 되찾으니, 잠시 밀어 두었던 여러 가지 생각이 재개되었다.

그 생각들이란 크게 두 가지였다. 하나는 쥬쥬팡을 좋아한다던 '천사'가 사실 저 남자애가 아닐까 하는 의심이었고, 다른 하나는 조금 전 다녀온 새엄마의 면회에 대해서였다.

내가 '천사'에 대해 아는 거라곤 나보다 한 살 많은 남자애라는 것, 웃음을 삼킬 때 항상 잔잔한 울림이 전달되는, 새벽녘의 파도 같은 목소리를 가졌다는 것 정도였다. 어쩌면 그의 자장가 같은 목소리 덕분에 내가 요즘 편안한 밤을 보낼 수 있었던 걸지도 몰랐다.

1년이라는 길다면 긴 시간 동안 나는 그 애와 익명 채팅앱으로 대화를 해왔지만, 실제로 그의 얼굴을 본 적은 없었다. 그가 나와 같은 지역에 산다는 것, 학교에서 늘 혼자라는 것, 그리고 쥬쥬팡을 좋아한다는 사실을 아는 건 그의 외관을 추측할 그 어떠한 증거로 부족했다. 그의 생김새에 대해서는 아는 게 없었으니 저 남자애가 '천사'라고 확신할 수도 없었다. 목소리를 듣는다면 알 수도 있겠지만.

그러나 정작 내 신경을 어지럽게 흐트러뜨린 문제는 따로 있었다.

아빠는 사랑이 자신의 결핍을 채워 줄 거란 사실을 절대적으로 신뢰하는 사람이었다. 때마침 들어온 아빠의 새 비서는 아름다운 용모를 가진 여성이었고, 미혼부로 살아온 자신의 메마른 삶에 찾아온 축복 같은 사람이라고 내게 말하곤 했다. 딸이 주는 사랑—나 같은 딸을 둔 경우엔 전혀 받을 수 없었지만—과 이성 여자가 주는 사랑의 크기는 그 깊이도, 크기도, 목적도 모두 다를 수밖에 없었는데, 아빠가 여자와의 관계에 중독된 건 전자의 관계에서 그가 원하는 만큼의 만족감을 얻지 못했기 때문이었다. 새엄마, 실은 정식적인 새엄마도 아니었던 여자는 극도의 쾌락주의 성향을 가진 사람이었다. 아빠는 끝까지 자신이 여자의 쾌락 충족에 이용되는 관계인지도 모르고 죽은, 어리석은 사람이었다.

사랑하는 사람의 손에서 최후를 맞은 아빠는 해방감을 느꼈을까. 나는 오피스텔 엘리베이터 앞에 서서 가방을 뒤적이다가 문득 방에 헤드셋을 두고 왔다는 사실을 상기했다. 집에 돌아온 나는 여자가 침대 위에서 아빠의 목과 등을 칼로 쑤시는 모습을 열린 문틈으로 목격했다. 난도질당한 아빠의 육체는 저항없이 허물어졌다. 붉은 기를 머금은 비린 냄새가 안방에서 조용히 빠져나와 곳곳에 흔적을 잔뜩 묻혔고, 마침내 내 콧등에도 내려앉았다. 그와 동시에 나는 조용히 112를 불렀다. 비명은 없었다. 놀라지 않았으니 당연했다. 다만, 나는 여자와 눈이 마주쳤던 순간, 충격이 아닌 다른 어떤 강렬한 감정을 느꼈다. 여자는 극도의 흥분감에 젖어 황홀한 표정을 짓고 있었는데, 나는 그 이후로 희열이란 도대체 얼마나 큰 강도를 가진 감정이기에 여자는 죄를 범하는 순간에도 활짝 웃을 수 있었을까, 라는 평생 풀 수 없는 미지의 문제에 직면하게 되었다. 내가 가진 감정은 폭이 넓지도, 가짓수도 많지 않았기에 어떤 관점으로 접근해 봐도 이해할 수 없는 영역이었기 때문이다.

나는 두꺼운 철문을 닫고 나온 후 그 앞에 기대어 서서 헤드셋을 착용했다. 그러고는 음악을 재생했다. 소울을 가득 담은 남성 팝가수의 노래가 정적을 메꾸었다. 그 일련의 과정들은 한 치의 오차 없이 차근차근 진행되었다. 내가 가진 이성은 가족이라고 예외를 두진 않는다는 걸 증명했다.

차가운 아침 이슬이 눈물처럼 뺨에 흘러내리는 감촉을 무덤덤하게 문질러 닦아냈다. 그렇게 10분쯤 기다리니 경찰이 왔다. 그게 1년 전쯤 일이었다.

여자의 면회를 간 이유는 별것 없었다. 아빠가 죽은 지 1년째 되는 날, 여자에게 갑자기 궁금한 게 생겼기 때문이었다. 손때가 잔뜩 묻은 플라스틱 창 너머로 초췌한 몰골의 여자가 보이자마자 나는 그녀에게 물었다.

당신이 아빠를 죽인 건, 아빠를 사랑했기 때문인가요?

그래, 맞아.

여자는 순순히 인정했다. 그러나 그녀의 긍정에 나는 오히려 혼란스러워졌다. 여자는 말을 덧붙였다.

사랑이라는 건 말이야, 밀도가 높아. 그래서 한 번 그 안으로 들어가면 제대로 호흡하는 법을 알면서도 잊게 돼. 내가 숨을 못 쉬니까, 어떻게든 살기 위해 다른 사람의 공기를 앗아서 편해지려고 하는 것. 그게 인간이 사랑하는 방식이야.

그럼 당신은 남의 숨을 뺏을 때 칼을 쓰나 보네요.

여자는 말이 없었다.

번지르르한 말로 포장했지만, 결국 여자의 말은 욕구 충족에 사랑을 이용했음을 고백하는 합리화에 불과했다. 사랑은 숭고하고 아름다운 행위라던데, 여자의 사랑은 비겁하고 이기적이기만 했다. 그에 반해 아빠의 사랑은 시시하고 어리석었다. 그들의 사랑은 나를 감동시키지 못했다.

나는 여자의 가냘픈 목덜미와 하얀 손을 보니 갑자기 온몸이 간지러워졌다. 창백한 피부가 점점 붉게 물들더니 아빠의 영안실에서 본, 딱딱하게 굳은 피부조직으로 변했다. 이렇게 온몸이 가렵고 머릿속까지 벌레가 기어다니는 듯한 감각을 느껴야 하는 게 사랑이라면, 그리고 육체의 징그러움을 마주하고 감내해야 하는 게 사랑이라면, 차라리 안 하느니만 못했다. 불쾌하고 지워지지 않는 손길에 사랑이라 이름 붙일 이유 또한 없었다. 나는 내 피부까지 역겹게 느끼기기 전에 서둘러 면회를 끝내야 했다.

그날 벌어진 난잡한 죽음은 아직 폐부에 연기처럼 스며 있었다. 차라리 그 기억이 못처럼 날카로운 형태를 하고 있었다면, 가슴에 박혔다는 통증이라도 확실히 느낄 텐데. 손에 잡히지도 않는 기체 같은 통증은 아픔을 채 느끼기도 전에 빠져나가, 마치 환상통을 겪은 것처럼 몽롱한 기분만 남겼다. 나는 내가 다시는 타인의 접촉을 받아들이기 어려울 거란 예감에 슬퍼졌다.

이모, 계산이요.

나는 가방을 한쪽 어깨에 대충 걸쳐 메고 계산대로 향하는 남자애의 뒷모습을 응시했다.

평생 제대로 된 사랑 한 번 해보지 못하고 죽은 아빠가 가여웠나. 단 한 순간이라도 여자가 아빠에게 진심이었다면 여자에게 화를 낼 수 있지 않았을까. 아니면 여자가 차라리 욕정을 해소하기 위해 아빠를 이용했다고 솔직히 고백했더라면 나는 아빠의 죽음을 온전히 슬퍼할 수 있었을지도 몰랐다. 면회실을 빠져나오기 직전, 나를 붙잡아 둔 여자의 질문이 머릿속을 헤집어 놓는다.

너야말로 네 아빠에게 진심이었니?

아빠를 사랑한 적이 있었냐고 물으시는 거라면, 아뇨. 나는 아빠한테 그 어떤 감정도 느끼지 못했고, 아빠를 사랑하는 데 실패했어요.

그래서 한때 당신을 믿었는지도 모르지. 당신을 아빠의 유일한 희망으로 생각했으니까. 차마 여자에게 전하지 못했던 나의 속마음이었다.

진심을 모르는데 진심으로 사람을 대하는 방법을 알 리가 없었다. 하지만 내 옆에 반드시 누군가를 두어야 한다면, 그 애 정도는 되어야 나를 감당할 수 있지 않을까. 나는 의식할 새도 없이 그를 다시 떠올리고 있었다.

그가 나간 자리에 아기 천사의 얼굴을 한 열쇠고리가 떨어져 있었다. 나는 낯익은 목소리와 그가 흘린 물건을 따라 나갔다.

그러나 그는 벌써 가버린 건지 그림자도 찾아볼 수 없었다. 휴대폰을 꺼내 메신저로 들어가려는데, 갑자기 화면 위로 긴 그림자가 드리웠다. 위를 올려다보니 그 애가 날 장난스러운 눈으로 내려다보고 있었다.

나 찾아?

고동색 눈동자가 예쁘게 빛났다. 그 애는 씩 웃고는 손바닥을 펼쳐 내 앞에 내보였다. 맡겨 둔 물건을 찾겠다는 의미가 담긴 제스처였다.

나는 그의 물건을 돌려주는 대신 가방에서 똑같은 열쇠고리를 꺼내 판판한 손바닥 위에 올려주었다. 그 애와 마주보며 나도 따라 웃었다.

응, 널 찾고 있었어.

천사가 되기를 희망하는 사람들. 우리는 우리를 그렇게 불렀다.

넓은 집에 나 혼자 남겨졌을 때, 나는 도저히 해소할 수 없는 무료함에 시달리고 있었다. 어둠 속에 누워, 이따금 떠오르는 소름 끼치는 감각에 팔을 긁는 일 외에는 그저 숨만 쉬는 게 다였다. 마치 물이 마른 어항에서 미약하게 숨을 쉬는 금붕어처럼 살았다. 무언가 중요한 걸 잃어버린 기분이었다. 정작 뭘 잃어버렸는지는 기억 상실증에 걸린 것처럼 머릿속이 꽉 막혀 알 수 없게 되어버렸지만.

그러던 중 그 채팅방을 발견했고, 지루했던 내 삶에 파문을 일으킬 수 있을 거라는 기대감이 들었다. 비록 참여 인원이 단 한 명인, 다소 수상한 채팅방이었음에도 불구하고.

〈천사가 되기를 희망하는 사람들의 모임〉

천사를 믿는다는 것도 아니고, 천사가 되고 싶다는 의미가 무엇인지 궁금하기도 했다. 나는 간단한 인사말을 전송했다.

안녕.

방장 '천사'가 답신을 빠르게 보내왔다.

안녕. 무슨 일로 왔어?
여긴 뭐 하는 곳이야?
별 의미 없어. 그냥 만들었거든.
정말? 내가 느꼈을 땐 아닌데.
귀신 같네. 음, 재미없고 긴 이야긴데. 그래도 듣고 싶어?

'천사'의 이야기는 그의 말대로 정말 길었다. 그리고 그의 이야기를 끝까지 들었을 때, 나는 희열을 느끼지 않을 수 없었다. 그는 나를 기쁘게 만들 만큼 경이로운 불행 덩어리였기 때문이다.

'천사'에게서 음성 통화가 걸려 왔다. 그의 목소리는 잔잔하고 평온했다. 그에게 일어난 비극은 결코 그를 절망시킬 수 없음을 증명하려는 것처럼.

부모님은 유서를 쓰고 죽었어. 응, 맞아. 자살한 거야. 그런데 동반자살. 부모님만 죽었으면 차라리 기쁜 일이지. 부모님은 여동생도 함께 데려갔거든. 부모님은 이상한 종교를 믿었어. 교주가 죽으라고 명하면 정말 죽을 정도로 맹신했지. 그는 부모님에게 이렇게 말했다고 해. 썩은 세상에서 순결한 존재로 구원받으려면 여아의 맑은 피를 세상 곳곳에 흩뿌려야 한다고. 그러니 딸을 가진 당신들이 구원받을 방법은 딸과 한날한시에 죽어 그 신성한 피를 하늘로 가지고 올라가는 것이라고. 그렇게 하면 마침내 구원을 받고 천사가 되어 영생을 살 수 있다고.

그래서 유서의 내용이 바로 그거야. 우리는 천사가 될 것이다. 아직도 토씨 하나 틀리지 않고 그대로 기억해.

마침내 그 순간이 찾아왔구나. 우리는 평화를 사랑하기에 사탄과 싸우지 않고, 그것과 눈도 맞추지 않고 천사가 될 방법을 강구했고, 마침내 성공했단다. 우리는 동시에 구원받을 수 있게 되었다. 사탄인 너는 절대 구원받을 수 없다는 사실이 마지막 순간까지 우릴 즐겁게 하는구나. 너는 절대 천사가 될 수 없어.

혹시 짐작했어? 난 마지막 말에 반발심이 생겼어. 썩은 신념에 잡아 먹힌 주제에 누구한테 단언하는 건지. 난 천사는커녕 그 흔한 신조차 믿지 않았는데, 부모님 덕분에 천사만큼은 반드시 있을 거라는 확신이 생겼어. 그리고 그들은 실패했을 거라는 확신도. 그러니까, 나는 그들의 실패를 기념하고, 그들이 해내지 못한 걸 내가 이뤄서 그들을 조롱하고 싶었어.

잠깐.

왜?

너 혹시 선희동 사이비 가족 자살 사건 걔야?

맞아.

그의 이야기를 듣다 보니 떠오르는 사건이 하나 있었다. 사이비 종교의 광신도였던 부모가 그들의 어린 딸과 자신들을 한 줄에 묶어 투신한 일은 세상을 충격에 빠뜨렸었다. 셋은 떨어진 자리에서 즉사했고, 아파트 거실에 몸을 웅크리고 있었던 아들이 유일한 생존자로 공개되며, 사람들 사이에서 각종 추측이 난무했었다. 기억나는 기사 제목으로는 대충 '아들은 왜 가족의 죽음을 방관했나?' 같은 느낌이었다. 졸린 눈을 하며 무기력하게 누워있던 나는 어느새 몸을 바로 세우고 있었다. 가슴이 두근거려서 몸을 가만둘 수 없었기 때문이다. 그리고 동시에, 그를 난처하게 만들고 싶다는 충동이 들었다.

네가 죽였어?

뭐?

화를 내고 있을까 아니면 당황해서 얼굴이 빨개졌을까. 전화기 너머는 조용했다. 정적이 계속되니, 거세게 뛰던 심장 박동이 점점 잦아들었다. 그리고 흥미가 식으려는 찰나, 그는 완급 조절이라도 하는 것처럼 적절한 때 답신을 보냈다.

그럴 리가. 너 되게 짓궂네.

웃음기가 가득 묻은 목소리에서 분노의 감정은 느껴지지는 않았지만, 그를 당황하게 만드는 데에는 성공한 것 같았다.

농담이야. 그럼 넌 뭘 하고 있었는데?

네가 너무 거침없어서 뭐라고 말을 해야 할지 모르겠네.

나는 킥킥거렸다. 조금 전까지만 해도 의식적으로 숨을 쉬고 있었는데, 없어졌던 아가미가 다시 돋아나기라도 했는지 공기가 한결 편안해졌다. 물이 식도에 흘러 들어오면서 점차적으로 해갈이 시작되었다. 나는 만족스럽게 목을 위아래로 쓰다듬었다.

난 그때 손발에 줄을 감고 있었어.

묶였어?

아니, 묶었어.

그럼 시간이 많이 늦었으니까 이 얘기만 해주고 이만 자러 갈게. 다음에 또 놀러 와. 알았지?

새벽 4시가 지나도록 그의 이야기는 계속 되었다.

내 손발을 묶은 건 나야. 그리고 풀 수 있는 걸 풀지 않은 것도 나야.

그때는 여름 방학이었는데, 교회나 성당에서 여름캠프 그런 거 많이들 하잖아. 부모님이 동생과 캠프에 가고 나는 전선이 잘린 선풍기 앞에 앉아 굳은 밥을 숟가락으로 퍼먹고 있었어. 그런데 문득 그런 생각이 들더라. 사탄 취급을 하면서도 밥알을 베풀어 준 그 나눔 정신이 갸륵해서 보답이라도 해야 하는 거 아닐까? 그래서 안방에 들어가 손글씨로 적힌 말씀 필사본을 양손 가득 쥐고 나왔어. 그리고는 부엌으로 갔지. 그리고 알루미늄 포일과 필사본을 조각조각 찢어 잘 섞은 후 호일에 다시 감싸서 전자레인지에 넣고 돌렸어. 불은 안 났냐고? 그걸 의도하긴 했는데, 그래도 집이 잿더미가 되는 건 나도 원치 않아서, 그 앞에 서서 잘 지켜보기만 했지. 집안 가득 채워진 탄내를 맡으니까 기분이 좋아졌어. 모범 신도 선발 과정에 제출할 증거물이라고 했나? 그런데 그게 다 타버렸으니 어쩌나, 곧 닥칠 일이 기대되기도 했지.

그런데 내일 돌아오기로 했던 가족이 갑자기 번호 키를 누르고 들어온 거야. 엄마는 신발을 벗자마자 어딘가 다급해 보이는 표정으로 베란다 문을 활짝 열었어. 늘 그렇듯 나한테는 눈길도 주지 않았지. 내가 무슨 짓을 했는지도 관심이 없어 보였어. 뒤이어 들어온 아빠도 엄마랑 다를 거 없는 모습이었어. 아빠 손에 거의 끌려오듯 들어온 동생은 신발도 벗지 못하고 난간 앞에 서게 되었지. 그리고 부모님은 거사를 준비하는 것처럼 조용히, 그러나 재빠르게 움직였어. 아빠는 빨랫줄을 걷어냈고, 엄마는 성경을 들고 베란다에 와 무릎을 꿇고 기도를 올리기 시작했어. 아빠는 내 손목을 거칠게 잡아끌었고, 난 어느새 차가운 베란다 바닥에 무릎을 꿇고 앉아 있었지. 아빠는 내 오른쪽에 있는 화분에 시선을 고정한 채로 나한테 말했어. 우리가 너에게 주는 마지막 벌이라고. 사탄의 손으로 우리를 직접 미는 것. 우리는 악한 존재의 떠밂으로 인해 '그

분'이 주목할 만한 드라마틱한 상황을 만들 수 있고, 그렇게 하면 비로소 너는 우리로부터 자유로워지고, 냄새 나는 세상에 홀로 남겨질 수 있다고. 그렇게 나를 유혹했어. 이게 무슨 말이겠어? 자유니, 뭐니 해도 그들은 내가 살인자가 되길 바랐던 거야. 하지만 부끄럽게도 나는 조금 망설였어. 그들만 없다면, 나는 비로소 자유의 몸이 될 수 있지 않을까? 라는 생각이 머릿속을 가득 채웠어.

  그러나 나는 동생과 눈이 마주쳤고, 동생은 입술을 꾹 깨물며 티나지 않게 고개를 저었어. 정신을 차린 나는 하지 않겠다고 덤벼들었지만, 아빠는 끝까지 강압적으로 날 통제하려 들었어. 그러나 기도를 마친 엄마가 상기된 목소리로 시간이 얼마 남지 않았다고 아빠를 재촉하자 아빠는 한숨을 쉬며 날 포기했지. 난 다리에 힘이 풀리고 말았어. 전류가 흐르지 않는 선풍기로 엉금엉금 기어간 나는 덜덜 떨리는 손으로 겨우 전선을 집어 엉성하게나마 내 손과 발을 묶었어. 나는 내가 무력하길 바랐으니까. 그 사이에 '그 분'이 내려오는 시간이라는 오후 17시 16분이 다가오자, 아빠는 엄마와 동생의 몸을 먼저 빨랫줄로 한 바퀴를 빙 두른 뒤에 당신도 남은 공간을 비집고 들어갔어. 두 바퀴, 세 바퀴를 마저 돌린 후 명치가 꽉 조여들어 숨쉬기가 힘들어질 때까지 단단하게 매듭을 묶었어. 이제 그들 사이에는 발만 겨우 조금씩 움직일 수 있는 공간밖에 남지 않았지. 그들의 뒷모습은 키와 몸무게, 생김새가 제각기 다른 인물들의 우스꽝스러운 삼인사각을 연상시켰어. 17시 16분. 아빠는 며칠 전에 작업해 두어 쉽게 빠지는 방충망을 발치에 내려놨어. 16분 34초. 엄마가 난간에 힘겹게 몸을 기댔고, 16분 40초. 동생이 울었어. 16분 49초. 아빠가 알 수 없는 혼잣말을 중얼거렸어.

16분 55초. 세 명 같은 한 명의 몸이 기울었어.

나는 그들을 똑똑히 지켜봤어. 정확히는 동생의 눈을 끝까지 주시했어. 부모님은 죽는 순간까지도 내 눈을 쳐다보려 하지 않았으니까, 어쩔 수 없는 선택이었다고 봐. 그때쯤 내 손은 떨림이 잦아들어서, 엉성한 포박을 풀고 그들을 향해 손을 뻗었어도 아마 늦지 않았을 거야. 적어도 나의 사랑스러운 동생만이라도 어떻게든……,

할 수 있었을지도 모르지.

그러나 너도 알다시피.

5시 17분., 이제 잘 시간이야.

천사는 해가 없는, 또 다른 다섯 시를 마주하고 있었다. 그러나 이 천사는 태평하게 잠 타령이나 한다. 지금 잠들지 않으면 도저히 견딜 수 없다는 듯이. 천사는 침잠했다. 나는 방금 막 오감이 되살아나 수면에 도달했는데, 그는 가라앉았다. 그는 시체처럼 잠을 잘거란 예감이 들었다. 아직은 숨 쉬기를 버거워하는 듯 보이는 그가 할 수 있는 최선의 선택은 바로 의식적으로 숨을 쉬지 않아도 되는 상황에 들어가는 것이라 생각했고, 이는 나의 동정 어린 사고에 기인한 판단이었다.

그건 다소 오만하다는 생각이 들었지만, 그가 나약한 존재이길 바란다는 이기적인 소망은 곧 나를 나타내는, 대단히 가치 있는 지표였다. 만약 내가 그에게서 약한 일면을 발견하지 못했더라면, 나는 그에게 어떠한 끌림도 느끼지 못했을 것이고, 그에 대한 어떠한 감정도 시작되지 않았을 것이다. 때문에 나는 그를 불쌍히 여기는 일을 그만둘 수 없었다. 우리가 서로의 맞은편에서 숨을 쉬기 위해선, 어느 한쪽은 반드시 수면 위에 있어야 했다.

 그 이후 우리가 대화를 나누는 빈도는 점점 늘어났다. 그는 대부분 나의 이야기를 듣고 싶어했다. 나는 그 기대에 부응하여 손톱으로 인간의 등가죽을 찢어 죽인 악독한 여자의 이야기를 들려주기도 했다. 그는 그 이야기를 꽤 흥미롭게 들어주었다. 그러나 그는 이제 아주 사소하고 가벼운 화젯거리만을 던지는 등 그의 내밀함을 숨기게 되었다. 그의 다양한 면모를 알아 갈 수 있었으므로 그게 나쁘진 않았다. 예를 들면 쥬쥬팡을 같이 하자는 제안을 몇 번이나 거절하니, 결국 기분이 상해 바로 답장을 하지 않는 유치함을 파악했다든지. 결석을 밥 먹듯이 하는 학교생활과 유급에 대한 걱정을 딱히 하지 않는 태평함이라든지. 그는 생각보다 나와 잘 통했고, 그래서 얼굴을 직접 보지 않아도 늘 가까이 있는 것 같았다. 그러나 막상 그가 무엇을 좋아하고 싫어하는지, 어떤 습관이 있는지에 대해선 알 수 없었다. 그렇다고 해서 나는 구태여 그의 실체를 파헤치려 들진 않았다. 그와 보내는 시간은 분명 즐거웠지만, 서로의 얼굴조차 모르는 우리는 상대가 작정하고 사라진다면 어떤 경로로도 재회하기 힘든 불확실성에 기반한 관계였으므로. 대신 우리는 언제 끊길지 모르는 아슬아슬함을 즐겼다. 아마 우리가 더 이상 일상을 공유하지 않게 된다면, 그땐 둘 중 누군가에게 또다시 어지러운 죽음을 경험하는 일이 생긴 것이라 생각하기로 했다. 그

래서 우리는 절대 만나지 않을 거라고도 생각했다. 서로의 안전을
기하는 마음에서.

천사 좋아해?
널 좋아하냐고?

얼굴도 모르는 또래 남자애와의 지속적인 대화. 나는 그 특수성
에 기대어 더 가감없고 솔직해졌다. 우리가 온라인에서 만나고 있
다는 사실을 망각할 정도로, 나는 실제로 얼굴을 마주하며 이야기
를 나누는 듯한 착각에 빠졌다. 그러므로 내가 그에게 가지는 감정
은 자연스러웠다. 그것은 단번에 자리를 잡은 후 한 번도 빠져나간
적이 없어 나조차도 그 존재감을 알아채지 못했던 것이었다. 바다
에는 늘 고요한 파도만 찾아왔다. 그곳을 찾아올 법한 소음은 포물
선을 그리며 던져지는 돌멩이 정도였기 때문에, 우리는 이때 미처
풍랑을 대비할 생각을 하지 못했고, 그건 우리의 큰 실수였다.

농담이 늘었네. 그런 거 아니고, 선물 하나 주고 싶어서.
좋아해?

그는 재차 물었다.

음, 별 생각 없어. 근데 어떻게 줄 건데?

나는 그가 만나자고 하면 어떡하지, 걱정하면서도 한편으로는 기

대했다. 그러나 그는 일말의 고민도 하지 않은 듯 빠르게 답을 보냈다.

버스터미널 물품 보관함 16번에 넣어둘게. 꼭 찾아가.
너 진짜 싱겁다. 선물이 뭔데? 장난이기만 해.
비밀이야. 하지만 절대 장난은 아니야. 장담해.

그리고 다음 날 확인한 선물의 정체는 아기 천사의 모양을 한 열쇠고리였다. 동글동글한 글씨체로 적힌 메모도 함께였다.
'커플템. 내가 보고 싶어도 참아 봐, 백희야.'

나는 하늘색 교복 셔츠의 왼쪽 가슴께에 박힌 명찰에 시선을 고정했다. 정윤우. 입 안에서 혀를 굴려 발음해 본 그의 이름은 부드럽고 단정한 느낌이 들었다. 단추를 두어 개 풀어헤치고 불량아 같은 미소를 매달고 있는 입꼬리와는 달리. 내 열쇠고리를 받아 든 윤우는 고리 부분을 검지에 끼워 휘휘 돌렸다. 아기천사가 자꾸만 가느다란 손가락에 얼굴을 박았다. 원을 그리는 손가락이 가늘고 매끄러웠다. 바짝 깎은 손톱은 뭉툭하니 안전해 보였다. 부러 위협을 숨기려는 느낌은 없었고, 등가죽에 길게 상처를 낼 만한 기척 또한 발견하지 못했다. 그에 안도하자마자 나는 그 손가락을 움켜

쥐고 싶다는 충동이 들었다. 피부가 가진 역겨움을 어느새 망각해 버린 채. 내 일념을 앗아간 건 어떤 둔탁한 소리였다.

아, 실수.

윤우는 허리를 숙여 바닥에 고꾸라진 아기천사를 주웠다. 먼지가 붙었는지 입바람도 호호 불어 다시 나한테 건넸지만, 나는 고개를 저었다.

너 가져. 바꾸자.

굳이?

윤우는 이해하기 어렵다는 표정을 지으면서도 순순히 주머니 속에 챙겨 넣었다. 나는 뒷짐을 진 상태로 손바닥에 힘을 주었다. 그 안에는 윤우의 천사가 들어 있었다. 천사의 뾰족한 날개가 살을 파고들었고, 나는 미세한 쾌락을 느꼈다. 윤우가 물었다.

그나저나 나인 건 어떻게 알았어?

쥬쥬팡 중독자가 너 말고 있을 리가 없잖아.

왜, 있을 수도 있지. 그리고?

음, 그리고 그 키링? 아니면 목소리 정도.

내 말에 윤우는 어딘지 모르게 실망한 눈치였다. 원하는 대답이 아닌 모양이었다. 그러나 아무리 머리를 굴려봐도 그를 알아본 다른 이유는 없었다. 내가 더 이상 아무 말도 하지 않자, 그가 체념 섞인 한숨과 함께 정답을 알려줬다. 그리고 나는 얼이 빠지고 말았다.

한눈에 알아봤으면 했는데.

바랄 걸 바라야지. 우리는 이제 처음 만났는걸.

아, 너한텐 오늘이 처음이겠구나.

무슨 말이야?

사실 나는 널 본 적이 있어.

언제?

조금 놀란 듯한 내 물음에 윤우가 의뭉스럽게 웃으며 '비밀'이라 속삭였다.

날 어떻게 알아보고?

정확히 말하면, 알아본 건 아니야. 널 비춰 본 거지.

덧붙인 설명에도 나는 여전히 그의 말뜻을 알아들을 수 없었다. 아리송한 표정을 짓는 내게 윤우는 별로 신경 쓸 필요 없다고 말하며 유연하게 화제를 넘겼다.

그리고 넌 예쁘잖아.

그게 뭔 상관인데?

부정은 안 하는구나.

몹시도 즐거워하는 모습을 보니, 그가 얄밉게 느껴지는 것과는 별개로 그가 '천사'라는 확신이 생겼다. 장난을 좋아하지만 상냥하고 다정한 남자애, 내가 예상하고 겪었던 모습 그대로였기 때문이다. 케케묵은 불행을 짊어지고 사는 사람이라고는 감히 생각도 하지 못할 정도로 내 눈앞의 그는 맑음으로 무장한 아이였다. 그가 내게 부어준 물은 호숫물이었던 걸까.

그러나 그와 눈을 맞춘 순간, 나는 그에 대해 어떤 한 가지 사실을 알게 되었다. 그가 뒤틀림을 숨기고 있다는 것. 내장에서 침을 질질 흘리고 있으면서도 굶주리지 않은 척, 내숭을 부리는 그의 작태가 가소로웠다. 지금도 그는 본인이 굉장히 순진무구한 소년의 눈빛으로 나를 바라보고 있다고 착각하고 있겠지. 사실은 전혀 그렇지 않은데. 그럼에도 불구하고 나는 그를 눈감아주었다. 그 편이 훨씬 즐거울 거라는 나의 직감을 믿었기 때문이다.

 우리는 이름을 불렀다. 그리고 대답했다. 그렇게 자연스럽게 얼굴을 보는 사이가 되었다. 그러나 여타의 친구처럼 편안함을 주고받지는 못했다. 우리 사이에는 언제나 긴장감이 기저에 깔려 있었다. 은밀하게 달라붙는 시선, 의미 없이 꼬아대는 머리카락, 장난인 듯 발 빠르게 선에서 물러나는 가벼운 희롱. 우리는 우리가 보통의 친구 사이가 아님을 여실히 알고 있었다. 그런 척을 하는 건, 순전히 우리의 의도대로였다. 첫사랑, 호감 따위와 같은 풋풋한 단어는 우리에게 닿기도 전에 배제당했다. 우리는 우리만의 평범하지 않은 관계와 세계 속에 잔뜩 도취해 있었다. 세상에서 가장 불우한 둘의 만남이라며, 서로를 치켜세우기 바빴다. '가장' 불우한 사람은 둘이 될 수 없다고 상대의 귓가에 속삭이고 싶은 충동을 애써 숨기면서. 우리는 그런 사이였다.
 그리고 내가 겪은 한 가지 큰 변화가 있다면, 윤우의 살냄새를 좋아하게 되었다는 것이다. 그에게는 향기가 났다. 그건 생기로부터 흘러나오는 향기였다.
 나는 간간이 윤우의 손가락을 매만졌다. 둥그스름한 손톱 끝을 살살 문지르다가 이따금씩 긁으며 마디를 따라 천천히 내려갔다. 윤우는 처음에는 움찔거리며 간지러워하더니 이제는 곧잘 적응하여 먼저 손가락을 내밀기까지 했다. 손등, 손목, 팔목까지 내 손끝이 움직이길 바라는 열망을 굳이 숨기지도 않았다. 그러나 그가 내게 보내오는 신호를 모두 받아들이는 건 지금의 나에게는 무리였다. 윤우는 내가 타인을 만질 때 거부감을 느낀다는 걸 알고 있었다. 그래서 사려 깊은 아이는 먼저 손길을 요구하지도, 손길을 뻗지도 않았다. 다만 그 자리에 멈춰 서 기다려 주었다. 그러다 나의 몸 어딘가에 닿고 싶어 안달이 날 때면, 그는 지금처럼 들짐승 마냥 내 뒤로 어슬렁어슬렁 다가와 내 목이 탐욕스러운 먹이라도 되는 양 강렬한 시선을 보냈다. 내 명령대로 굶주림 상태를 유지했으니, 상을 달라는 무언의 압박이었다. 아무것도 하지 않고 그저 목덜미를 내려다보는 그의 시선이 예전에는 부담스러웠다. 그래서 너무 변태적인 취향이 아니냐며 그를 타박했지만, 내 취향도 그다지 정상적인 편은 아니었고, 기특하게도 그는 내 거부감을 조금씩 지워주는 존재였기 때문에 나는 기꺼이 허리까지 내려오는 긴 머리칼을 높이 묶어주곤 했다. 윤우의 숨소리는 요란스레 숨을 내쉬는 일이 없어 항상 고요했다. 그는 그 시간을 가장 좋아했다.

윤우의 시선은 여전히 내 뒤에 머물러 있었다. 얼마 뒤 소파의 머리 부분에 팔을 괸 윤우는 불만스러운 투로 내 귓가 가까이에 속삭였다. 소파가 너무 높아서 잘 안 보여. 이 카페 별로다, 그치? 아무래도 상관없었지만, 그가 계속 대답을 종용하기에 대충 고개를 끄덕였다. 그 바람에 옆머리 몇 가닥이 빠져나왔다. 윤우가 무의식적으로 머리카락을 넘겨 주려다 멈칫하는 게 느껴졌다. 나는 무심한 투로 명령했다. 해줘. 내가 좋아하는 손가락의 감촉이 귓불을 스쳐 갔다. 나는 그의 손길을 느끼며 나른한 기분으로 입을 열었다.

예전에 네가 그랬지. 네가 생각하는 천사의 죽음이란 조용한 곳에서 홀로 맞이하는 죽음이라고.

그랬지. 아무래도 가족의 죽음이 내 통제를 벗어난 큰 소음이었으니까. 천사의 죽음은 그 어떤 것보다 고요하고 평화로워야 하잖아.

윤우는 내가 말을 시작하자 자리로 돌아와 앉았다.

네 말을 듣고 나도 생각해 봤어. 나는, 사랑도 하지 않고 피도 흘리지 않고 죽고 싶어.

내가 그 말을 뱉자 윤우는 고개를 들어 날 마주했고, 그 순간 나는 짜릿함을 느꼈다. 그의 눈에는 날 향한 조롱이 담겨 있었다. 정말 그걸 원하는 거야? 네가 사랑을 원하지 않는다고? 그는 그렇게 말하고 있었다. 아직 어렸던 그는 속마음을 능숙하게 숨기지 못했다. 삐딱한 목소리가 들려왔다.

너답네. 그런데?

나는 우리의 공통점이, 평화로운 죽음을 원하고 있는 거라고 생각해. 그래서 나는 네가 더 이상 네 일이 아닌 일에 신경을 그만 썼으면 좋겠어. 정말 중요한 건 너와 내가 갈망하는 그것이니까.

아아, 부모를 비웃는 건 그쯤 했으면 충분하니까?

너는, 나한테만 집중해도 모자라잖아.

내 말에 윤우는 입을 다물었고, 나는 그 모습에서 그가 서서히 수긍하고 있음을 눈치챌 수 있었다. 그러나 동시에 완벽한 납득은 할 수 없다는 것 역시 그의 찡그러진 눈썹을 보면 알 수 있었다. 그에게는 여전히 나의 비합리적인 열망, 그리고 쉬이 지워지지 않는 가족의 잔상을 외면할 마음이 만들어지지 않았다.

알아서 해. 난 네가 좋다면 마냥 좋아하는 인간이니까.

윤우는 등받이에 등을 기대며 눈을 감는 행동으로 자신의 의사를 표했다. 더이상 왈가왈부하지 않겠다는 무언의 표현이었다. 어차피 네 뜻대로 될 거잖아. 윤우는 그렇게 말하고 있었다.

나는 그를 노려보았다. 사랑에 눈이 멀어 칼을 맞는 것보다 어리석은 행동은 없었다. 가짜와 진짜를 구분하지 못하는 눈은 쓸모가 없을뿐더러 당장 눈앞에 닥친 죽음의 순간조차 인지하지 못한다. 설사 알고 있었다 한들 필사적으로 모른 척을 했을 테지. 칼이 목에 들어와도 어떤 추상적인 것에 눈이 멀어 그걸 보지 못하는 인간은 정확히 3초 뒤, 세상에서 가장 추레한 모습으로 죽는다. 어떤 어리석은 남자가 그랬다. 그의 전철을 밟지 않기 위해 하자 없이 완벽한 모습을 갖추려고 하는 나를, 너는 왜 그런 눈으로 쳐다보는 거야? 나를, 왜 외면하는 거야?

윤우가 눈을 떴다. 그러고는 느리게 깜박였다. 그는 순식간에 조소를 지워냈다. 나는 먼지 하나 떠다니지 않는 그의 맑은 눈을 똑바로 바라보며 잘게 손을 떨었다.

내가 그에게 닿을 수 있었던 특별한 이유가 있는 건 아니었다. 그냥, 그렇게 되어 있었다. 그뿐이었다. 그런데 너는 왜 내가 스스로 눈을 찌르게 만드는 거야? 나는 이 감정의 실체를 확인하고 싶지 않았다. 가능하다면 영원히 외면하고 싶었다.

내가 목도한 윤우의 싸늘함은 착각으로 치부될 만큼 흐릿한 것으로 남았다. 그가 보여준 찰나의 악의가 과연 나를 향해 있었는지도 헷갈렸다. 애초에 존재는 했는지. 그만큼 그는 완벽하게 평소를 연기해 냈다. 장난기가 다분하고 상냥한 남자애. 그가 내게 보여주고

자 한 모습이었고, 나는 그의 의도대로 내가 사랑하는 일부를 수용
하기로 했다. 그렇게 우리 사이에 발생했던 문제는 깨끗이 지워졌
다. 무엇으로 지워냈는지, 그걸 반드시 알아야 할까?

가끔 그는 날 천사 보듯이 황홀하게 바라보곤 했지만, 그가 상상
하는 천사는 내가 아니었다. 나보다 더 작은 여자아이를 그는 천사
라 불렀다. 그는 천사를 닮은 내가 하는 거의 모든 말을 옳다 칭송
했다. 그래서 그는 나에게만 물렀다. 그게 약점이 될 줄도 모르고.
그는 본인이 취약해져 가는 과정을 즐길 게 아니라 취약함을 새로
운 무기로 삼아 나에게 휘둘러야 했다. 몸과 머리가 마비되기 전
에. 그러지 못한 건 명백한 그의 패배 요인이었다. 나는 그를 진창
에 밀어 넣었지만, 그는 내 손목을 잡지 않았다.

아, 죽었어.

벌써?

재수가 없었어.

변명도 참 재미없다, 그치?

은우의 눈은 모니터에서 떨어질 생각을 하지 않았다. 게임 좀 잘
하는 걸로 유세는. 나는 따분함에 윤우가 게임하는 모습을 몇 초간
구경하다가 자리에서 일어났다. 윤우가 고개를 돌려 나와 눈을 맞
추며 물었다. 어디 가? 화장실. 남자애들의 시끄러운 고함과 욕설

소리, 키보드 두드리는 소리에 내 목소리가 묻혀 윙윙댔다.

　화장실에서 나온 나는 윤우 쪽을 한 번 쳐다보고 흡연실로 향했다. 썩은 물에서 자란 물고기는 주기적으로 썩은 물을 마셔주지 않으면 숨통이 막힌다. 윤우가 짐짓 엄한 표정으로 하지 말라 일렀음에도, 내가 계속 그의 말을 어기는 데에 부여한 합당한 변명이었다. 하지 않으면 나는 죽을 테니까. 문을 열려는 순간, 안쪽에서 문을 당긴 나머지 몸이 앞으로 기울였다. 반사적으로 벽을 짚어 다행히 넘어지는 불상사는 피했지만, 흡연실을 나서던 인영과의 충돌은 피할 수 없었다. 어깨를 부딪친 남자에게서 담배 냄새가 진하게 배어 나왔다. 나는 나도 모르게 그의 어깻죽지에 코를 가까이 대고 킁킁거렸다. 아, 줄곧 이 냄새를 그리워했다. 담배를 피우지 않는 윤우에게선 얻을 수 없는, 나의 소소한 즐거움 중 하나였다. 남자가 뒤로 몸을 뺐다. 그제야 나는 내 실수를 인지하고 고개를 까딱였다.

　미안.

　음, 괜찮긴 한데, 어디 보고 말하는 거야?

　남자의 말에 고개를 드니, 불쾌해할 거라는 내 예상과는 달리 남자는 생각보다 호의적인 시선으로 나를 보고 있었다.

　응, 그렇지. 내가 바닥에 누워있진 않았거든.

　그는 장소와 어울리지 않게 단정한 교복을 입고 있었다. 목 끝까지 조인 넥타이와 다림질을 한 듯한 빳빳한 옷깃에서 그의 빈틈없는 성격을 엿볼 수 있었다. 이마를 빈틈없이 덮었을 게 분명한 앞머리는 문을 열고 나올 때 생긴 잔바람 때문에 뒤로 살짝 넘어가 있었다. 나는 그 속에서 반짝임 하나를 발견했다. 오랜만에 빛을 마주했기 때문인지, 무의식을 언어로 표출하는 실수를 범하고 말았다.

눈이 예쁘네.

그래? 고마워. 그런 말은 처음 들어봐.

그리고 그는 친절을 가장한 말투를 일상적으로 쓰고 있었다. 마치 상냥함을 강요당한 것처럼. 말의 음높이와 속도, 표정 하나하나 계산을 거친 후 산출된 결과물처럼 보였다. 쉽게 말하면 그는 작위적으로 보였다.

남자는 윤우보다 마른 체격이었지만 키가 비슷해서인지 처음 만났을 때 윤우의 모습과 겹쳐 보였다. 윤우는 눈앞의 남자와 달리 차림새는 자유분방했을지언정 어색함은 느껴지지 않았다. 그는 본인에게 어울리는 목소리와 몸짓을 자연스럽게 구사할 줄 알았다. 그리고 보니 그가 풍기는 분위기도 윤우와 비슷해 보였다. 유독 투명한 동공 때문일까. 나보다 두 뼘은 큰 윤우가 날 내려다봤을 때 마주했던 그 눈이 참 예뻤는데. 흔들림이 거의 없었던 그의 눈은 잔잔하게 너울거리는 바다의 평온함을 연상시켰다. 나는 그 안에 오롯이 담긴 내 모습을 들여다보는 게 좋았다. 처음 본 상대에게 온전히 속할 수 있는 유일한 방법은 상대의 눈에 들어가는 것뿐이었으니까. 그때 윤우한테 어떤 냄새가 났었는지는 기억이 나지 않았다. 한여름 오후의 열기에 젖은 땀 냄새가 났었나. 그때도 그의 살내음은 향긋했었나. 정확한 건, 내가 윤우를 기억하는 방식 중 향기는 포함되지 않는다는 것이었다.

반면 남자의 첫인상은 냄새로 확실히 각인되었다. 아, 잊고 있던 목적이 생각났다.

나는 남자가 등지고 서 있는 흡연실 너머를 빠르게 훑었지만, 이내 실망스러운 기색을 감출 수 없었다. 그는 내내 혼자였는지, 안에는 아무도 없었기 때문이다. 하는 수 없이 나는 남자에게 다시 말을 걸었다.

한 대 더 하면 안 돼?

사실상 그의 허락은 필요하지 않았다. 나는 남자의 소매를 잡아 끌고 흡연실로 들어갔다. 남자는 순순히 따라왔다. 시계를 보니 5분 정도 시간이 있었다. 그 이상을 넘어가면 틀림없이 윤우가 나를 찾아 일어날 테니까.

뭐해? 불 안 붙이고.

내 재촉에 남자는 어이없다는 듯 웃으면서도 라이터를 꺼냈다. 몇 번 달각거리자 불이 붙었다. 매캐한 향이 퍼지기 시작했다. 나는 가슴을 활짝 펴서 숨구멍을 열어젖혔다. 폐까지 달큰한 냄새가 흘러 들어왔다. 나는 내가 부패되어 가는 느낌을 사랑한다. 불투명한 연기는 피처럼 색채가 강렬하지도, 묽지도 않고 피부를 학대하지도 않는다. 그저 조용히 몸 안으로 침투하여 내부를 흐리게 만든다. 입안이 가득 차서 결국 기도로 넘어가면 생리적인 기침이 쏟아져 나온다. 연기가 주는 최소한의 고통은 그뿐이었다. 아픈 건 싫으니까 딱 거기까지였다. 설사 어떤 유혹이 말을 걸더라도, 내가 그 이상으로 나아가는 일은 없었다.

심지가 반쯤 줄어들자 내 욕구도 적당하게 채워졌다. 나는 벽에 등을 기대고 앉았다. 남자의 시선이 조용히 나를 따라왔다. 문득 그의 교복이 눈에 들어왔다.

거기 공부 잘하는 애들만 간다는 학교 아니야? 학원가에 있는.

내 말에 그는 교복 밑단을 가볍게 당기며 눈짓했고, 나는 고개를 끄덕였다.

고지식하게 입은 꼴에 비해 여러 번 해 본 것 같네. 학교에서 알면 큰일 나는 거 아니야?

찾아와서 이르려고?

2분. 나는 힘을 줘서 일어났다. 반동 때문에 몸이 앞으로 쏠렸다. 어느새 성큼 다가온 남자는 한 손으로 내 어깨를 잡았다. 따뜻한 목소리와는 달리 얼음장같이 차가운 감촉에 순식간에 닭살이 올라왔다. 나는 인상을 찌푸리며 그의 손을 쳐냈지만, 남자는 여상히 손가락에 묻은 담뱃재를 털어냈다.

아무리 네가 안하무인이라도 그건 좀 곤란해.

난처한 듯 나지막이 흐르는 웃음소리도 함께였다. 아직 심지가 닳지 않은 담배가 눈앞으로 들이밀어지자, 눈물이 찔끔 맺혔다. 남자는 재떨이를 바라보기만 할 뿐, 끌 생각은 않고 불이 다 탈 때까지 가만히 서 있었다. 그는 꼭 나를 아는 것처럼 말하고 있었다.

너 나 알아?

아니, 완전 초면이지.

근데 되게 친근하게 구네.

이상하게 익숙하긴 해. 왤까?

나는 사위에 자욱하게 깔린 연기를 손으로 내저으며 걸음을 뗐다. 윤우가 찾기 전에 돌아가야 했다. 남자는 구겨진 옷깃을 정리하고, 흐트러진 앞머리를 손으로 빗어 내리고 있었다.

그럼 낯익은 김에, 이름 알려줄래?

글쎄, 우리가 더 볼 일이 있을까?

내 완곡한 거절에 남자가 유감이라는 표정을 지었다.

누구 때문에 지금 속이 너무 울렁거리는데, 잔인하기도 해라.

남자는 눈꼬리를 아래로 내리며 불쌍한 척 목소리를 꾸며냈지만, 더 이상 나를 붙잡진 않았다.

문을 열자 상대적으로 쾌적한 공기가 방 안으로 몸을 밀고 들어왔다. 상쾌한 공기로 다시 폐 속이 가득 채워지는 느낌이 들었다. 나는 남자를 뒤돌아보며 말했다. 남자의 수고에 대한 최소한의 감사 표시를 하는 게 예의였으니까. 그리고 나는 그가 꽤 마음에 들었다.

혹시 모르지. 우리가 또 만난다면, 그때는 이름을 알려줄 의향이 생길지도.

기대하고 있을게. 그때도 네가 무례했으면 좋겠다.

남자의 말을 뒤로 하고 문을 닫았다. 조금 독특한 애였다고 생각하며 나는 주머니를 뒤적였지만 이내 멈칫했다. 아, 향수 가방에 있는데.

나는 팔을 들어 냄새를 맡아보았다. 윤우가 싫어하는 냄새가 진득하게 묻어 있었다. 그가 질색할 게 분명했지만, 그가 날 찾으러 온다면 어차피 들킬 일이었기 때문에 곧장 자리로 돌아가는 수밖에 없었다. 매도 빨리 맞는 게 좋다 그러지 않나. 그사이에 윤우는 게임을 끝냈는지 무료한 눈빛으로 휴대폰을 들여다보고 있었다.

내 기척이 느껴지자, 고개를 돌린 윤우는 내 일탈을 금세 알아채고는 예쁜 눈썹을 찡그렸다.

또? 하지 말라고 했잖아. 왜 말을 안 들어.

넌 담배 안 피우니까.

그 짓거리를 왜 하는 건데. 그럴 거면 네가 피우지, 왜.

직접 하면 나중에 아플 게 뻔하잖아. 그렇다고 네가 해줄 수 있는 것도 없으니까 잔소리 그만해. 안 들을 거야.

싸늘한 정적이 이어졌다. 윤우는 한숨을 푹 내쉬고는 익숙하게 내 가방을 뒤져 작은 분홍색 유리병을 꺼냈다. 조금 전에 내가 찾던 향수였다.

뿌려. 너한테 이런 냄새 나는 거 싫어.

나는 군말 없이 받아 들고는 손목과 목덜미 곳곳에 뿌렸다. 무표정을 한 윤우의 얼굴에서 만족스러움이 떠오를 때까지, 나는 펌프를 계속 눌러야 했다. 마침내 윤우가 내 손에서 병을 거두어 갔다.

가자.

아직 시간 남았는데.

상관없어.

윤우는 왼쪽 어깨에 자기 가방을 걸쳐 메고, 내 가방끈을 양쪽으로 잡아당겨 내 등 뒤에 대주었다. 나는 그의 눈치를 보며 끈 안쪽으로 팔을 집어넣었다.

화났어?

아니.

윤우는 내 손을 잡고 성큼성큼 앞서 걸었다. 나는 그의 보폭에 맞춰 빠른 걸음을 했다. 그 속도로 출입구 옆에 위치한 흡연실을 지나가는 건 금방이었다. 그 남자애가 느릿한 걸음을 떼며 그 안에서 나오고 있었다. 문 닫히는 소리를 따라 윤우의 고개가 돌아갔고, 그는 그 남자를 발견했다. 남자도 윤우를 발견했다. 시종일관 여유를 잃지 않았던 남자는 윤우의 얼굴을 본 직후 환하게 웃었다. 누가 봐도 진심인 것처럼 보일 정도로, 눈이 부시게.

그러나 윤우는 남자에게 시선을 던졌던 찰나의 순간을 무감하게 넘겼다. 손을 흔들고 있는 남자의 모습이 빠르게 스쳐 지나갔다. 남자는 그러고는 곧 나를 보았다. 정확히는, 윤우의 손가락 사이사이와 틈 없이 얽힌 내 손을 집요한 눈빛으로 응시하고 있었다.

화가 나지 않았다는 윤우는 내내 말 한 마디 없었다. 그는 내가 그의 걸음을 맞추느라 거의 뛰다시피 걷고 있다는 사실도 안중 밖인 것 같았다. 단 한 번도 옆을 돌아보지 않았으니까. 나는 입술을 꾹 깨물며 그의 손을 풀었다. 그제야 윤우가 발을 멈췄으나, 그는 여전히 정면을 보고 있었다. 집중 받지 못하는 느낌은 외로웠다.

오늘은 혼자 갈래.

윤우는 내 말에 대답을 하지도, 멀어지는 나를 잡지도 않았다. 내가 코너를 돌아 사라질 때까지, 윤우는 그저 서 있기만 했다. 속이 울렁거렸다. 복숭아 향과 섞인 담배 냄새가 역하게 느껴져 모든 걸 토해내고 싶었다.

윤우의 연락이 온 건 거의 이틀이 다 지나서였다. 그때까지 나는 그 어떤 쾌락도 느끼지 못한 채, 다시 소파에 길게 누워 천장을 바라보는 일을 일상이라 부르며 살았다. 원래도 공허한 삶이었지만, 윤우가 있었다가 빠져나간 자리에 생긴 구멍은 생각보다도 더 거대하여 무엇으로 채워야 할지 감조차 잡히지 않을 정도였다. 이대로 영영 윤우가 사라진다면? 상상해 본 적 없는 일이었다. 이제 와 상상을 해보려 해도 점 하나, 형체 한 점도 떠오르지 않았다. 우리는 공통점을 가지고 있잖아. 그 연결을 나만 기억하는 거야? 나는 윤우가 원망스러웠다. 그러니 윤우가 돌아온다면 평생 지킬 수밖에 없는 약속을 해서 그를 옭아매야겠다. 다른 곳으로 한 발짝도 갈 수 없게 그에게 무거운 짐을 지어야겠다. 그가 내 뜻대로 움직이지 않는다면 나를 내던져서라도.

스스로도 잘 알고 있었다. 내 정신이 불안정하고, 그를 향한 내 마음 역시 비뚤어졌다는 걸. 그러나 나는 이렇게 살아야 했다. 끔찍하게도, 영원토록.

윤우의 메시지가 도착한 늦은 밤, 나는 집 앞이라는 윤우의 메시지에 우왕좌왕했다. 옷을 갈아입어야 한다는 자각도 없었다. 잠옷 원피스 차림 그대로 오피스텔 로비를 가로질러 다섯 번째 벗나무 아래로 뛰어갔다. 봄이 지나간 후의 나무는 푸르름을 싹 피울 준비를 하는 중이었다.

'왜 다섯 번째야?'

'네 집에서 여기까지 뛰어올 때 네가 가장 사랑스러울 수 있는 거리에 있거든, 이 나무.'

나무가 너무 멀리 있으면, 뛰어온 넌 분명 숨이 차서 내 품에 도달하고도 한참이나 말을 못 할 거고, 하지만 그렇다고 너무 가깝게 있으면 힘들어서 홍조가 오른 네 얼굴을 못 보잖아. 나는 네가 나를 보기 위해 뛰어올 때, 적당히 절박했으면 좋겠어.

아무 일도 없었던 것처럼 서 있는 윤우의 품으로 뛰어들며 나는 그의 허리를 감싸 안았다. 나는 적당히 절박하지 못했다. 뛰면서

필요한 숨을 낭비해 버린 게 첫 번째 패인이었고, 슬리퍼를 신은 발이 자꾸만 미끄러져서 도착점까지 헛된 시간을 쓴 게 두 번째 패인이었다. 그래서 나는 한동안 피비린내가 나는 숨을 그의 가슴팍에 뱉을 수밖에 없었다. 내가 가장 사랑스러울 수 있는 거리라는 그의 계산은 틀렸다. 그도 그걸 알았는지 멋쩍게 웃으며 내 머리카락을 매만졌다.

수학엔 영 재주가 없나 봐.

그제야 나는 다시 웃었다. 여전히 숨이 찼다.

누군가에게 이틀은 '겨우'겠지만, 나에게 그 시간은 과장을 조금 보태면 억겁과도 같았다. 물속에서 시간은 더디게 흘러간다. 시계가 부재한 공간에서는 현재를 인지하는 능력이 떨어지기 때문이다. 윤우를 본 순간 나는 잃어버린 시계를 되찾았고, 그제야 일상의 흐름은 원만해졌다.

그러나 윤우에게 이틀은 비밀이었다. 윤우는 공백의 시간을 설명하고 싶지 않은 기색이었다. 그게 티가 날 정도로 잘 보여서, 나는 결국 묵과할 수밖에 없었다. 윤우가 나에게 그런 것처럼, 나 또한 그에 대해서는 한없이 약해지는 모양이었다. 이유가 어떻든, 결국 그가 돌아왔음에 안도했으니, 나는 그날, 그에게 무슨 일이 있었는지, 그리고 그 남자애와 어떤 사이인지 묻지 않았다. 내가 그 질문을 입밖으로 꺼내는 순간, 혹여 그가 다시 사라져 버릴까 무서웠기 때문이다. 나는 윤우를 잃게 되면 영영 되찾을 수 없을 거라는 불길한 예감에 사로잡혔다. 나도 의식하지 못하는 사이 나는 점점 불안감에 잡아먹히고 있었다.

여느 때처럼 피시방에서 게임을 하고 있던 윤우와 내 옆으로 그 남자애가 다가와 앉은 지 일주일이 되었다. 그는 이제 윤우를 보고도 덤덤했다. 그때 보았던 그 환한 웃음은 온데간데없었고, 애초에 윤우를 의식적으로 보려 하지 않는다는 느낌이 강했다. 의아한 점은 윤우 역시 마찬가지라는 것이었다. 윤우 역시 그 남자애를 마치 없는 사람처럼 무시하고 있었다. 그러므로 피곤하게도, 두 사람의 관심을 받는 사람은 그 사이에 낀 나였다. 특히 그 남자애는 불편할 정도로 말을 걸어왔다. 한 번은 그의 말소리 때문에 집중을 하지 못하고 결국 게임 속 캐릭터가 죽자, 짜증이 확 치밀었다.

야, 게임 안 해? 와서 입만 털다 갈 거야?

내가 방해했어? 미안. 그러게, 나한테 집중 좀 하지.

그는 공격스러운 내 말투에도 전혀 타격을 받지 않고 오히려 능청스럽게 굴었다. 나는 고개를 내저으며 윤우의 화면으로 고개를 돌렸다. 윤우는 허리를 곧게 편 채 바쁘게 손목을 움직이고 있었다. 그는 무언가에 집중할 때면 무심결에 단정한 자세를 유지하곤 했다. 그러면서도 내가 시선을 어디에 두고 있는지는 매번 기민하게 알아챘다. 지금도 마찬가지였다. 윤우가 다정한 목소리로 물어왔다.

죽었어?

어, 쟤 때문에.

불만이 잔뜩 어린 내 말에 윤우는 그제야 오늘 처음으로 그 남자애를 보았다. 둘은 눈이 마주쳤지만, 그뿐이었다. 오고 가는 건 없었다. 남자는 아예 몸을 내가 있는 방향으로 틀었다.

네가 약속도 안 지키는 무뢰한인 걸, 널 죽인 사람도 알았던 거 아닐까?

무슨 약속?

기억도 못 하는 거 봐. 다시 만나면 이름 알려준다면서요.

그의 말을 듣고 나서야 기억이 났다. 다음에 만날 일이 있다면 알려준다고 했던가. 그렇게 말한 이유는 그를 다시 볼 일이 생기지 않을 거라고 생각했기 때문이었다. 이름을 알려주는 게 뭐 거창한 일이라고, 그건 당연히 어렵지 않았다. 그러나 그는 이미 나를 알고 있는 것처럼 굴었고, 그저 나를 떠본다는 느낌이 들었기 때문에 괜스레 꺼림칙했다.

그러는 네 이름은 뭔데?

어? 계속 알려주고 있었는데, 몰랐구나?

네가 언제?

그는 대답 대신 자신의 왼쪽 가슴 부근을 손가락으로 가리켰다. 거기엔 흰 바탕에 굴림체로 이름이 적힌 명찰이 옷핀으로 고정되어 있었다. 황형주. 그게 그의 이름이었다.

지금까지 관찰해보니까, 너 남한테 별로 관심이 없더라. 쟤한테는 잘도 야살스럽게 굴면서.

황형주가 윤우를 눈짓하며 과하게 어깨를 으쓱였다. 야살스럽다는 그의 단어 선택이 거슬렸지만, 딱히 틀린 말도 아니었기 때문에 나는 부러 대꾸하지 않았다. 세상에 관심을 두지 않는 염세적인 여자애가 제 또래의 남자애 한 명에게만 웃어주니, 누군가는 틀림없이 그 모습을 눈꼴 시려했을 것이다. 그래서 그는 여자애를 여우라 불러도 무리가 없다는 판단을 곧잘 내렸던 걸지도 몰랐다. 실제로 그런 상황을 많이 겪기도 했다. 훤칠한 키와 눈에 띄는 외모를 가진 남자에게 불순한 의도를 가진 종자들이 꽤 여러 번 엉겨 붙었었고, 그럴 때마다 나는 윤우가 가장 좋아할 법한 말을 그의 귓가에 속살거리며 그를 꾀어냈다. 종종 있었던 반대의 경우에는, 얼굴을 붉히는 수컷들에게 철저한 무관심을 주면서도 은근한 손길로 그들을 골려주곤 했다. 그러다가 그들의 흥분이 극에 달할 때쯤 발을 빼고 윤우에게 돌아가면, 그들을 내려다보며 내게 입맞추는 윤우 앞에서 그들은 격분밖에 못했다.

그러나 황형주는 어디에도 속하지 않았다. 나에게 사심이 있는 척 자꾸만 수작질을 일삼지만, 사실 그가 나에게 관심 한 톨 없다는 걸 어렴풋이 알고 있었다.

내가 네 앞에서 꼬리를 질질거리면서 걸어가도 모를 것 같아. 보니까, 그런 쪽에 무딘 편은 또 아닌 것 같은데 말이야. 내 말이 맞지?

그가 나를 향해 내뱉는 모든 말들은 빈 껍데기였다.

그는 모든 사람한테 친절하고 자상하지만, 꾸며내지 않은 적은 단 한 번도 없었다. 우연히 만난 친구에게도, 음료수를 건네주는 여자애에게도, 실수인 척 발을 거는 불량아에게도. 그의 발화는 보통 '괜찮아'로 시작하는데, 가끔은 곤란한 티를 숨기지 않는 침음을 덧붙이기도 했다. 다만 한 가지 예외가 있었는데, 그의 부모로부터 걸려 온 전화를 받을 때였다. 그는 마치 눈앞에 부모가 서 있는 것처럼 허리를 바싹 세우고 두 손을 겹쳐서 휴대폰을 받들었다. 통화하는 내내 그는 네, 라는 긍정의 대답밖에 하지 못하는 사람이 되었다. 그러면서 그는 연신 윤우의 눈치를 살폈다. 정작 윤우는 그를 신경조차 쓰지 않는데도.

그런데 지금처럼, 그는 가끔 본심을 담아 거침없이 말을 내뱉을 때가 있었다. 그의 본심이라 함은, 약간의 비틀림을 의미했다. 내 착각일지 모르겠지만, 그의 말은 유혹보다 악의의 표현에 가까웠다. 그리고 또 한 가지 의아한 점은, 그가 이런 말투를 사용하는 대상은 오직 나뿐이라는 것이다.

그래서 황형주는 수상쩍고 의미심장했다. 나는 아직도 그의 속내를 간파하지 못하겠다. 느물거리며 내 대답을 기다리는 황형주에게 유독 까칠하게 대하는 건 그런 답답함 때문이었다.

비약하지 마. 달랑 명찰 하나 꺼내 놨으면서 다 알려준 척하는 거 되게 웃겨.

그래? 그럼 내가 부족했나 봐.

황형주는 자꾸만 헤실댔다. 그가 갑자기 양팔을 위로 높이 뻗으며 스트레칭을 했다. 이름을 듣겠다는 그의 집착 어린 관심이 다소 엷어진 듯 보여 내심 안도했지만, 그는 내 예상보다도 더 집요했다.

그래서 네 이름은 언제 알려줄 거야? 기다리다가 잠들겠어.

그가 팔을 내려 하품하는 시늉을 했다. 이름을 말해주기 전까지 계속 귀찮게 굴 것 같아, 나는 머릿속으로 대충 그럴듯한 이름을 몇 가지 떠올렸다. 그러다가 문득 '천희모'에서 사용하는 닉네임이 번뜩였다.

백희.

그러자 키보드를 두드리던 소리가 뚝 끊기고 왼편에서 따가운 시선이 느껴졌다. 목에 걸쳐 놓은 헤드셋에서 길드원이 다급한 목소리로 윤우를 부르는 목소리가 들려왔다. 윤우가 모든 동작을 멈춘 것이었다. 그의 유별난 반응에 황형주도 윤우에게 눈길을 던졌고, 그 시간은 꽤 오래도록 이어졌다. 그러나 황형주는 곧 나를 바라보며 말을 계속했다.

외자야? 특이하고 예쁘다.

너처럼. 그는 그렇게 덧붙이며 내 손가락을 슬쩍 건드렸다. 그의 접촉에 내가 불쾌해 하며 팔을 내리자, 황형주가 즐겁다는 듯 웃음을 흘리며 몸을 도로 정면으로 돌렸다. 그의 움직임에 진한 향수 냄새가 공기 중으로 퍼졌다. 옅은 담배 냄새도 섞여 있었다.

내가 예상한 이름이 아니긴 한데, 그 이름이 더 잘 어울린다.

나는 조금 지친 기분이 들었다. 그러나 황형주는 여전히 궁금한 게 많은 눈치였다. 정말 알고 싶어선지, 알고 있는 걸 확인받고 싶은 건지, 아니면 둘 다인지 모르겠지만.

그런데 너희는 무슨 사이야? 어떻게 만났어?

황형주가 게임 시작 화면에 눈을 고정한 채 물어왔다. 나는 '천희모'에 대해 어느 선까지 말을 해도 되는지 잘 몰랐기 때문에, 답하는 대신 윤우를 쳐다보았다. 내 시선의 의도를 파악한 윤우는 의외로 황형주에게 날을 세우지 않고 대답을 해주었다.

천사가 되고 싶어서 모였어.

천사?

윤우의 목소리를 들은 황형주는 묘하게 상기된 느낌이었다. 윤우가 황형주를 힐끔 쳐다봤다.

왜, 관심 있어? 너도 들어 올래?

그래도 돼?

윤우의 제안을 들은 황형주가 반색했다. 내가 황형주의 담배 냄새를 맡고 왔다는 걸 아는 윤우가 그에게 제법 호의적인 태도를 보이는 것도 모자라, '천희모'에 들어오라는 이야기를 꺼낸 건 의외였다. 고개를 끄덕이려던 윤우는 잊고 있었던 사실을 떠올린 듯 다급하게 나한테 고개를 돌렸다.

괜찮아?

나는 상관없다는 듯 고개를 끄덕였다. 황형주의 꿍꿍이를 알 수 없어 그가 불편할 뿐이지, 사실 처음부터 그가 싫지는 않았기 때문이다. 진중해 보이면서도 가벼운 모습은 일반적인 종자들처럼 뻔하지 않았고, 윤우에게선 찾아볼 수 없는 새로움이었다. 능숙하게 담배를 피우는 모습이 가장 마음에 들긴 했지만, 어찌 되었건 새로운 친구가 생기는 건 반가운 일이었다. 가지지 못했던 게 제 발로 찾아오는 것도 기쁜 일인데, 더욱이 마음에 들기까지 하면 금상첨화가 아닌가. 아, 그 전에 반드시 확인할 게 한 가지 있었다.

황형주, 네가 생각하는 평화로운 죽음은 뭐야?

모든 걸 제자리로 돌려놓는 죽음.

고민하는 기색도 없이 빠르게 나온 그의 말은 다소 난해했다. 윤우도 그의 말뜻을 이해하지 못했는지 황형주를 알 수 없는 눈빛으로 쳐다봤다. 시선을 한몸에 받은 황형주는 갑자기 들떠 보였다. 그는 기분 좋은 목소리로 친절하게 말을 덧붙였다.

배반한 자에게 애정을. 아버지가 해주신 말씀인데, 신의를 저버린 자에게도 관용을 베풀어야 한다는 뜻이야. 내가 가장 좋아하는 말이기도 해.

여전히 아리송한 그의 설명에 곰곰이 생각하던 나는 그에게 내가 짐작한 바를 물었다.

그러니까 네 말은, 이미 틀어진 과거를 네 죽음으로 되돌리고 싶다는 거야?

맞아.

그게 가능하다고 생각해?

가능성이 낮으니까 꿈꾸는 거야. 모름지기 이상이란 그런 거지.

되돌리고 싶은 과거가 있는 모양이네.

윤우가 무심결에 던진 말에 황형주의 태도가 처음으로 흔들렸다.

화면 속 황형주의 캐릭터가 얼마 가지 않고 피를 흘리며 쓰러졌다. 그가 자판 위에 가만히 손을 올려놓은 채 미동도 하지 않았기 때문이었다. 윤우와 황형주는 서로를 마주 보았고, 그 사이에는 현재의 인물인 내가 결코 엿볼 수 없는 장막이 드리워져 있었다. 그 안에서 내 존재감은 지워진 지 오래였다.

미련 없이 지나간 일은 그대로 두는 게, 때로는 더 좋을 수도 있지 않을까.

그 말을 끝으로 윤우는 황형주의 시선을 떨어뜨렸다. 황형주는 어딘지 모르게 슬퍼 보였다.

황형주는 정식으로 '천희모'의 일원이 되었다. 그렇다고 해서 큰 변화가 생긴 건 아니었다. 애초에 '천희모'는 우리가 공통점을 공유하고, 정을 통하기 위해 만든 허울에 불과했기 때문에, 모여서 특별히 하는 일은 없었다. 바뀐 건 우리 사이에 황형주가 끼어든 것, 그 한 가지였다.

황형주와 윤우 사이의 부자연스러운 정적은 시간이 지나자, 소강 상태에 들어섰다. 그걸 대화라고 부를 수 있는지 모르겠지만, 둘은 드문드문 말을 이어갔다. 황형주가 윤우에게 먼저 말을 거는 경우는 없었지만, 반대의 경우는 많았다. 그러니까, 황형주는 무슨 윤우가 주인이라도 되는 것처럼 그의 목소리를 듣기만 해도 안색을 밝히곤 했는데, 그게 꼭 내 눈에는 주종 관계처럼 비쳤다. 부자연스러울 정도로 권력의 추가 윤우 쪽으로 기운 모습은 둘 사이에 대한 나의 호기심을 더욱 증폭시켰지만, 나는 여전히 윤우에게 물어보는 걸 주저하고 있었다. 윤우의 빈자리를 체감한 이후에 특히 그랬다.

희야, 여기에 보급 떴어.

그렇다고 내 호기심이 죽기만을 마냥 기다리는 건, 내 성미에 맞지 않았다.

나를 부르는 황형주의 친근한 호칭에 윤우가 신경질적으로 자판을 두드렸다. 그는 영 불편한 기색이었다.

며칠 동안 황형주와 시간을 보내며 윤우를 관찰한 결과, 윤우는 '백희'라는 이름에 알 수 없는 애착 혹은 독점욕을 가지고 있는 것 같았다. 그 증거로, 백희를 내 본명으로 알고 있는—그런 척인지는 모르겠지만— 황형주가 성을 떼고 '희'라는 이름을 부를 때마다 윤우는 딱 지금 같은 반응을 보였다. 인상을 찡그리거나 신경기가 다분한 손짓을 반복하는 식이었다. 다른 사람들도 쉽게 부를 수 있는 흔한 이름에 불과한데, 윤우가 그렇게 유난인 이유를 나는 알 수 없었다. 그러나 내가 그를 이해할 수 없다는 건 지극히 사적인 궁금증이었기에, 그의 감정을 이용하는 데 중요한 사항은 아니었다.

너 지금 어딘데?

부서진 신전으로 와.

인간이 가지는 질투는 원래부터 유치한 성정을 타고난 감정이라, 그 감정에 사로잡힌 숙주 역시 한없이 유치해지기 마련이다. 더군다나 윤우는 아직 미성숙했다. 한껏 어른스러운 척을 하지만, 그는 자신의 속내를 완벽하게 숨기지 못해 나에게 모든 게 들통나는 어린아이였다. 질투에 눈이 먼 아이를 효과적으로 달래는 방법은 아이의 손에 들린 인형을 빼앗는 것이었다.

나는 며칠 전부터 윤우 대신 황형주와 팀전을 하고 있었다. 그동안 황형주와 부쩍 친해진 건 사실이었다. 그는 생각보다 노련한 실력자였는데, 그 수준이 윤우와 견줄 만큼 상당히 만족스러웠기 때문이다.

희야, 5시 방향에 사람 있어.

그의 말에 나는 정신없이 키보드와 마우스를 연타했다. 얼마 지나지 않아 게임 승리 화면이 떴다.

잘했어. 내가 버스 타는 건 처음이야.

그가 손바닥을 펼쳐 내 앞으로 가져왔다.

개인 기록을 경신해 기분이 좋아진 나는 평소라면 무시했을 황형주의 하이파이브 요청을 순순히 받아주었다. 황형주는 기회를 놓치지 않고, 맞닿은 내 손을 붙잡아 깍지를 꼈다. 아무런 사심도 없다는 듯 뻔뻔스레 웃으며 잡은 손을 흔들기까지 했다. 나는 처음과는 달리 황형주의 수작을 어느 정도 수용한 상태라 딱히 어떤 제재를 취하진 않았다. 어떤 의도는 있었을지언정. 그렇다고 황형주의 손길이 기분 좋다는 뜻은 아니었다. 견딜 만했을 뿐이지. 자발적으로 접촉을 행하는 대상은 여전히 한정적이었다.

나 하러 갈 건데, 너도 갈래?

내 손을 놓은 황형주는 흡연실을 고갯짓으로 가리켰다.

그리운 냄새를 생각하자, 나도 모르게 발바닥에 힘이 들어갔다. 윤우가 황형주에게 형형한 눈빛을 보내며 고압적인 투로 명령하지만 않았다면 나는 틀림없이 황형주를 따라나섰을 것이다.

너 혼자 가.

그렇게 구속하는 남자, 원래는 매력 없어. 그나마 너니까 괜찮은 거지.

의도가 다분한 말을 흘리는 건 그의 습관 같은 거였다. 자리에서 일어난 황형주는 윤우의 의자 위쪽에 팔꿈치를 올려놓은 채로 팔짱을 꼈다. 그의 무게를 느낀 의자가 잠깐 뒤로 기울었다. 윤우가 머리를 들어 그를 노려보자, 황형주가 미안하다는 듯 팔을 들어 보였다.

희야, 넌 어떻게 생각해? 좋아?

대답할 필요성을 느끼지 못한 나는 그의 질문을 무시했지만, 황형주는 역시나 집요했다. 그는 다시 조심스레 팔을 괴며 허공을 향해 검지 손가락을 들어올렸다.

질문을 바꿔볼까? 나랑 윤우가 널 속박하려 든다면, 넌 그걸 즐길 수 있을 것 같아? 아니면 끔찍하게 싫어질 것 같아?

넌 이미 충분히 날 괴롭히고 있거든. 여기서 더 하면 끔찍하게 싫은 쪽은 너야.

황형주의 반듯하게 덮인 앞머리가 미세하게 들썩였다. 내 본심을 캐내려는 시도가 실패로 돌아갔음에도 그는 진심으로 웃는 모습을 보였다. 신경을 건드리기 위해 가면 같이 유연하지 못한 웃음만

지어 보이던 그가 처음으로 보인 순수함이었다.

그 말은 정윤우는 환영한다는 뜻이야?

한바탕 즐거워하던 황형주는 별안간 웃음을 끊고는 큰 소리로 푸념했다.

윤우는 좋겠다.

그리고 그는 가벼운 발걸음 소리와 함께 멀어졌다. 그에 반해 나와 윤우 사이에는 적막함이 무겁게 내려앉았다. 윤우는 어지러운 심기를 누르려는 것처럼 그의 눈썹 부근을 꾹꾹 누르며 한숨을 쉬었다.

소희야, 쟤가 좋아?

음, 뭐. 게임 잘하더라.

나는 속 없는 척 눈을 동그랗게 뜨고 천진하게 목소리를 꾸며냈다. 그럴수록 윤우의 안색은 점점 어두워졌다.

그렇게 좋아서, 난 내다 버리고 걔랑만 하는 거야?

어둠 속에서 그의 눈동자는 더욱 밝고 강렬하게 타올랐다.

대답해 봐, 소희야.

그는 내게 끈질기게 대답을 요구했지만, 나는 끝내 답하지 않았다.

희야, 라고 불러야 대답을 해주려나?

살짝 올라간 입꼬리에 걸린 웃음은 명백한 조롱이었다.

일탈은 좋은데, 소희야. 정도껏 하자. 내 눈치도 살살 살펴 가면서. 응?

그 말을 끝으로 윤우는 다시 게임을 시작했다. 나는 황형주가 자리에 다시 돌아올 때까지, 꼼짝도 할 수 없었다. 호흡기관이 모두

제 기능을 잊었고, 심장이 날뛰었다. 이대로 움직인다면 온몸의 맥박마저 격렬히 움직이다가 터질 것 같다는 노파심까지 들 정도로. 나를 그토록 흥분하게 만든 건 윤우의 싸늘함과 그 안에서 찾아낸, 고도로 밀집된 새카만 덩어리였다. 나는 줄곧 이 덩어리를 그의 내장 속에서 끄집어내고 싶었다. 그리고 고지가 머지않았음을 직감했다. 치밀하게 짜인 계획은 이제 준비가 되었다. 관건은 내 계획을 실현해 줄 집행자였지만, 다행스럽게도 나는 이미 적임자를 알고 있었다.

집행자는, 반드시 황형주가 되어야 했다.

황형주와 윤우가 과거에 어떤 관계였는지, 그건 더 이상 중요하지 않았다.

다시 돌아온 황형주에게선 짙은 담배 향이 났다. 후각을 즐겁게 해주는 향에 나는 또 습관처럼 황형주의 방향으로 고개를 내밀었지만, 순간 시야가 한 바퀴 돌더니 어느새 윤우 자리에 있던 의자와 위치가 바뀌어 있었다. 윤우의 기이한 행동에 나는 황당한 표정이 되었고, 그건 황형주도 다르지 않아 보였다.

뭐해?

애한테 담배 냄새 묻잖아.

윤우가 날 것 그대로의 불만을 드러냈다. 윤우의 기분이 바닥으로 치닫는 모습을 지켜보며 나는 온전한 기쁨을 느낄 수 있었다.

그리고, 애 백희 아니야.

그런데?

소희라고 불러. 같잖게 희야, 부르지 말고.

그건 질투였다. 짠 것처럼 일방적이었던 두 사람의 관계는 윤우가 이빨을 드러내면서 균열이 생기기 시작했다. 윤우를 선망하는 것처럼 보였던 황형주는 어느 순간 본래의 모습을 보이고 있었다. 황형주는 비릿하게 웃으며 윤우를 직시하고 있었지만, 입 밖으로 나온 질문은 방향을 틀어 나에게 도착했다.

희야, 내가 이렇게 부르는 거 불편해?

부르지 말라면 부르지 마.

내가 입을 열 새도 없이 윤우가 대답을 가로챘다. 그러자 황형주는 고개를 삐딱하게 기울이며 입꼬리를 위로 비틀었다.

네가 뭔데?

그리고 윤우를 있는 힘껏 비웃었다.

희랑 너, 아무 사이 아니잖아.

황형주는 보란 듯이 나를 '희'라고 부르며 윤우를 자극하고 있었다. 그의 말에 윤우는 마음속에서 어떤 반발 심리가 머리를 빼 들었는지, 금방이라도 한 대 칠 것처럼 위협적인 태도로 황형주에게 다가갔다. 윤우는 드물게 이성을 잃은 모습이었다.

그들의 대립은 도저히 끝날 기미를 보이지 않았다. 관망하다 못한 나는 윤우의 어깨 너머로 팔을 뻗어 그의 뺨을 두어 번 가볍게 건드렸다. 그러자 경직되어 있던 윤우의 몸이 거짓말처럼 이완되었다. 윤우는 내 손가락을 부드럽게 휘어잡고는 손끝에 입술을 살짝 붙였다 떼었다. 더운 입김이 첨단에서 희끄무레 뭉그러졌다. 오래 지나지 않아 그의 숨소리가 한결 편안해졌다. 윤우는 황형주로부터 몸을 틀었고, 나도 자리로 돌아가려는 순간이었다.

갑자기 전신을 잡아먹는 소름 끼치는 감각이 내 숨통을 조여왔다. 압박감이 느껴지는 시선은 차가우면서 동시에 강렬했다. 나는 뻣뻣하게 굳은 목 관절을 최대한 빠르게 돌렸다. 황형주와 눈이 마주친 찰나의 순간, 그로부터 나에게 뻗어 온 시선의 의미를 나는 온전히 이해하기 어려워 어안이 벙벙해졌다.

무섭게 쏟아지는 빗줄기에 발자국이 흔적도 없이 뭉그러지는 것처럼, 그의 요령으로 지금은 비가시적 존재가 된 그것의 정체는,

틀림없는 증오였다.

나의 계획의 실행자로 황형주를 지정한 건, 그를 이용하면 윤우가 가진 덩어리의 정체를 확인할 수 있을 거라는 확신 때문이었다. 정확한 이유는 모르겠지만, 황형주는 내게 관심이 있어 보였고, 그가 표한 관심의 행동은 주로 접촉이었다. 윤우라면, 내게 닿을 수 있는 유일한 존재가 자신이 아니었다는 사실을 견디지 못할 거라 생각했다. 실제로도 그랬고.

그러나 부끄럽게도, 나는 내 계획이 완벽하다고 자신할 수는 없었다. 어디까지나 추측에 불과했기 때문이다. 우연인 듯 필연처럼 나타난 황형주에게 어떤 목적이 있는지, 그리고 그가 윤우에게 가지는 선망 비슷한 감정의 정체는 무엇인지, 또한 그와 동시에 왜 황형주는 일부러 윤우를 자극하려 하는지, 둘 사이에 어떤 일이 있었는지에 대해서는 아는 게 없었다. 그래서 섣불리 움직일 수 없었던 게 지금까지의 상황이었다.

그러던 중 내게 목격된 황형주의 진심은 내 계획을 감히 '완벽하다'고 말할 수 있을 정도로 판을 견고히 할 소중한 수단이었다. 마침내 소년을 사로잡고, 소년에게 사로잡힐 날이 도래했다.

부정적인 감정들로 까맣게 색칠된 덩어리. 본인은 필사적으로 숨기려고 했던, 오롯이 그 혼자 구축해 놓은 진심이었지만, 글쎄. 막상 색을 벗겨보니 전혀 그렇지 않았다면 과연 나는 실망할까.

아니. 전혀 속을 알 수 없었던 마음은 알고 보니 호수보다도 투명해, 그 안을 들여다보는 일이란 어떤 일보다도 쉬웠다. 그 투명함은 그가 오래 감춰 놓은 시간이 무색하게 아름다웠기에 날 만족시킬 수 있는 기준치를 훨씬 웃돌았던 것이다.

윤우는 학교가 이제 끝나 조금 늦을 것 같다는, 황형주는 가는 중이라는 연락을 보내왔다. 카페 옆 골목에 서 있으니 곧 황형주가 도착했다. 그는 나를 발견하고는 자연스럽게 내 옆에 와 섰다.

윤우는?

아직.

그래?

황형주는 손목을 들어 시계를 확인했다. 골목 앞을 지나는 사람은 드물었다. 담배를 입에 문 황형주가 옆에서 부산스럽게 주머니를 뒤적거렸다. 나는 그에게 물었다.

불 필요해?

너한테 없는 거 뻔히 아는데, 혹시 왜 물어보는 거야?

왜, 있을 수도 있지.

정말?

라이터를 찾아낸 그는 담뱃불을 붙이며 자기가 생각해도 어이없다는 듯 피식 웃었다.

연기가 느리지만 확실하게 흩어졌다. 고통에 익숙해진 몸이 늘어졌다. 괴롭지 않을 정도의 고통을 느낀다는 건 내가 생생하게 살아

있다는 확실한 증거였다. 정말 죽는다면 손가락이 잘려 나가도, 그 자리가 아픈 건지 가려운 건 줄 모르지 않을까. 적어도 내 생각은 그랬다. 아무래도 죽음의 첫 단계는 감각의 죽음일 테니까.

나는 황형주와 마주 보며 연기를 들이마셨다. 언제나처럼 목이 따갑고 머리가 어지러웠다. 그때 윤우가 골목 앞에 도착했다. 나는 의도적으로 발끝을 세워 황형주의 어깨에 양손을 얹었고, 한쪽으로 고개를 기울였다. 눈앞에서 황형주의 목젖이 움찔 떨렸다. 목을 조르는 셔츠가 답답해 보여, 나는 손을 내려 첫 번째 단추를 풀어 주었다. 황형주의 손에 들린 담배가 힘없이 바닥으로 떨어졌고, 그와 반대로 그의 몸에는 힘이 들어갔다. 윤우가 서 있는 곳에서 본다면, 꽤 미묘한 각도일 터였다. 나와 눈이 똑바로 마주친 윤우는 고요했다. 그의 눈에 아름다운 파도가 들어있었고, 다음에 이어진 파도는 매우 거셌다. 그러나 찬란함은 여전했다.

나는 폭풍전야라는 단어를 좋아한다.

윤우는 처음으로 화를 냈다. 그마저도 나를 향한 분노가 아니었다. 단단한 광대뼈와 가느다란 손가락들이 연달아 강렬히 충돌하여 벗겨진 껍질, 생살에서 나오는 붉은 피, 내 손목을 맹렬히 파고드는 순한 손톱, 으스러질 듯한 악력, 여자의 작은 보폭을 배려하지 않는, 남자의 큼지막한 걸음과 빠른 속도, 나를 향해 쏘아붙이는 차가운 눈빛. 그의 흔적이란 겨우 이런 것이었다. 그리고 내가 내내 기다려 왔던 것도 겨우 그런 것이었다.

윤우가 날 데려간 곳은 그의 집이었다. 그가 날 이곳으로 데려온 것도, 서로의 영역을 침범하는 것도 처음이었다. 그는 늘 나를 집 앞까지만 데려다 주었다. 내가 그에게 내린 시험을 미리 알고 도망가는 것처럼.

베란다로 이어지는 미닫이문 전체에 빈틈없이 암막 커튼이 처져 있었다. 나는 빛 한 점 들지 않는 거실에 발을 디뎠고, 암흑 속에 잠겼다. 우리는 어둠을 핑계 삼아 가만히 서 있기만 했다. 그러나 보이지 않을 리 없었다. 그곳은 우리의 터전이었고, 우리는 밤눈이 밝을 수밖에 없는 사람들이었다. 심장까지 까맣게 절인 곳에서 맹인이 될 일은 불가능에 가까웠다. 윤우는 머릿속을 떠도는 혼란스러운 어휘들을 정리하여 배열할 시간이 필요한 것뿐이었다.

뭐했어?

윤우가 기포했다. 거품은 사라지지 않고 차분히 나에게로 와 닿았다.

아무것도.

가차 없이 물결을 일으켜 없앴지만, 윤우가 다시 거품을 일으켰다.

이소희.

어깨에 먼지가 붙어 있길래.

말 안 되는 거, 너도 알고 있지?

윤우가 어둠 속에서 애써 입꼬리를 당겨 웃었다. 그러고는 한 발짝, 가까이 다가왔다.

이제는 눈치도 안 보네…….

속상하다는 듯한 한숨이 눈앞에서 연기처럼 흩어졌다.

뒷덜미가 선득해지는 느낌에 두 손으로 목을 감쌌다. 차갑게 식은 손이 닿자, 냉기가 올라왔다. 차가움을 품은 연기가 서서히 위쪽으로 이동해왔다. 턱 끝에서 차가운 감촉이 느껴졌다. 반사적으로 입을 다물었지만, 은밀한 손길처럼 침투하는 수증기를 막을 수 없었다. 온몸에 물방울이 맺혔다.

그리고 일시에 땅바닥으로 후두둑 떨어졌다. 몸 곳곳을 훑어보고 더듬어 봐도 젖은 부위는 없었다. 수분이 느껴지는 건 땀이 배어 나오는 손바닥뿐이었다. 나는 주먹을 꽉 쥐었다.

그럼 말해.

뭘?

황형주가 누구길래, 네가 나 아닌 다른 사람 앞에서 위태로워지는 거야?

나도 모르게 숨을 죽였다. 이제 와 고백하는 거지만, 나는 윤우의 고요함을 사랑하면서도 때로는 그 고요함을 무서워했다. 내가 감당할 수 없는 상황 앞에 섰을 때, 특히 그랬다.

그걸 왜 나한테 물어? 나보단 너랑 더 잘 아는 사이 같던데.

조금 전의 일을 염두에 둔 말이었다. 윤우의 기폭제는 무엇이었는지, 나는 겁이 난 와중에도 궁금해졌다. 내가 황형주의 어깨를 만진 것? 아니면 황형주의 숨이 닿은 연기를 들이마신 것? 그가 하지 말라는 행동을 반복한 것? 그에게 맞은 황형주가 마음에 걸려 골목에서 나오는 길에 뒤돌아본 것? 윤우는 지금 내게 그 모든 걸 설명할 것을 강요하고 있었다. 동시에 그가 억눌렀던 욕망의 해방을 선언하고 있었다. 그렇다면 나는 해방된 욕망이 다시 돌아올 감옥이 되어 주기로 했다.

그를 향해 양팔을 뻗자, 윤우는 망설임 없이 날 안아 들었다. 그럴 리 없겠지만 혹여 떨어질까 해서 그의 허리를 다리로 단단히 감았다. 내 어깨에 코를 박은 그는 불편하게 호흡했다. 그가 웅얼댔다. 냄새 때문에 토 나와.

윤우는 욕조에 물을 받았다. 나는 여전히 그의 품에 안겨 있는 상태였다. 등 뒤로 물이 까마득하게 떨어지는 소리가 들리다가, 어느 순간 끊겼다. 나는 다리와 팔에 힘을 풀었다. 눈, 코, 입, 귀 안으로 수돗물이 순식간에 차올랐다.

삼킨 지가 언젠데, 윤우는 필사적으로 내 목구멍을 찔러 구역질을 하게 만들고 나서야 만족했다. 나는 그의 착각을 굳이 다잡지 않았다. 그렇게 두어야 윤우의 감정을 면밀히 들여다보기 편했기 때문이다.

젖은 머리카락을 털면서 소파에 앉아 있는 그에게 다가갔다. 제자리처럼 자연스럽게 그의 다리 사이에 앉았다. 옷은 그가 준 큰 티셔츠와 바지를 입었다. 옷이 다 마를 때까지 그의 이야기를 듣다 갈 생각이었다.

친구야?

황형주에 대한 물음이었다.

그럴 수도, 아닐 수도.

윤우의 답은 모호했다. 그는 말을 하면서도 내키지 않는다는 듯 길게 한숨을 뱉었다.

열넷 정도 됐나. 그때 황형주를 처음 만났어. 걔 부모랑 우리 부모님이 친했거든. 정확히 말하면 저쪽은 간부였고, 이쪽은 잘 보여야 하는 처지였지. 황형주는 태어난 이상 선택권 따위 없이 예배에 나가야 했다고 해. 그렇다고 해서 나처럼 마음 깊숙한 곳에서부터 올라오는 반항심 같은 건 있어 보이지 않았어. 오히려 진심으로 받아들이고 정석대로 세뇌되는 모습이었지.

하지만 너도 알다시피, 나는 여태껏 친구 한 명 없었어. 윤주가 있긴 했지만, 아, 내가 말 안 했던가. 동생 이름이야. 정윤주. 그래서……아, 이건 좀 쑥스럽다. 너한테 처음 말하는 거라. 이제 와 생각해 보면 많이 외로웠던 것 같아. 황형주는 부모님과 똑같이 역겨운 족속임에도 불구하고, 친구라는 존재는 내가 처음 겪었기 때문에 희망을 놓고 싶지 않았나 봐. 내 눈을 바라보며 내 이야기를 들어주고, 그리고 나 역시 걔의 눈을 바라보며 걔의 이야기를 경청할 수만 있다면, 설사 걔가 사이비여도, 부도덕한 취미를 가졌어도 상관없었어. 어떻게든 내 외로움만 달래면 그만이었으니까.

의외였던 건, 황형주도 나에 대해 딱히 악감정을 가지지 않았다는 것? 모태 신앙을 가진 걔 입장에서 나는 사탄과 다름없었을 텐데, 부모님들의 눈을 피해 만날 때마다 그쪽과 관련된 이야기는 일절 꺼내지 않더라고. 친구를 처음 가져본 나도 알겠더라. 걔가 나를 무척이나 특별하게 생각하고 있었다는 걸.

하지만 나는 이해가 되지 않았어. 걔네 부모는 겉보기에는 바르고 정직한 이미지의, 평범한 목사 부부였거든. 본인들처럼 자식이 크길 바랐는지, 걔한테 원하는 게 정말 많았어. 본인의 의지가 아니었다 해도, 어찌 되었든 황형주의 대외적인 이미지는 명석하고 선량하며, 배려심이 깊어 주변에 사람이 끊이지 않는, 그런 느낌이었거든. 그런 애가 친구는 나 하나밖에 없는 것처럼 매달리니까,

이해가 안 되면서도 우쭐하기도 했어. 누군가에게 특별한 존재가 된다는 건 기분 좋은 일이잖아. 우리처럼.

아, 머리 다 말랐다.

말을 끊은 윤우는 세탁기로 가 건조가 끝났는지 확인했다. 아직 건조가 진행 중인지 그는 빈손으로 돌아와 내 옆에 앉았다.

부모님이랑 동생이 죽고, 자연스럽게 연락이 끊겼어. 걔네 부모가 필사적으로 막았겠지. 그리고 잊고 지내다가, 다시 만났어. 네가 아는 것처럼.

나는 문득 그런 궁금증이 생겼다.

근데 윤우야.

왜?

너는 왜 신을 믿지 않았어?

신은 실체가 없잖아. 닿지 않으면 피부가 따뜻한지, 차가운지 알 수가 없는.

천사도 마찬가지잖아.

아니야. 천사는 존재해.

어떻게 확신해?

닿아봤고, 닿아 있으니까.

황형주는 내가 윤우에게 쏟는 애정을 자신에게 옮겨 놓기를 바랐다. 골목에서 그의 뜨거운 숨결을 거부하지 않은 뒤로 더욱 그랬다.

나는 이제 휴대폰 알림 소리만 들어도 진저리가 났다. 번호는 어떻게 안 건지, 황형주는 시도 때도 없이 전화를 걸거나 문자를 보냈다. 차단하면 다른 번호로 연락이 왔다. 내용은 주로 시답잖은 것들이었다.

희, 너네 집 비밀번호 0510 맞지?
날 보고 깜짝 놀라는 모습, 되게 궁금한데. 지금 보러 가도 돼?
우편함 봐줄래? 네 마음에 들었으면 좋겠다.

우편함을 보니 단도 한 자루와 큐빅이 달린 은반지가 들어있었다. 반지는 엄지손가락에 끼워봐도 헐렁했다. 아무리 봐도 여성용 반지는 아니었지만, 그렇다고 황형주의 것이라 하기엔 사이즈가 작았다. 유독 손가락이 가느다란 남자가 아니라면 꼭 맞는 사람이 없을 것 같았다. 그는 나에게 관심이 있는 척 굴었지만, 사실 그가 바라보고 있는 방향은 내가 서 있는 곳이 아니었다. 황형주는 나를 싫어하니까. 그렇다면 그가 노리는 쪽이 어디인지는 뻔했다. 단도는 연막에 불과했다.

나는 칼은 가방에 넣고, 비가 내리는 바깥으로 나가 하수구의 작은 틈새로 반지를 밀어 넣었다. 아마 그건 물 속을 정처 없이 떠돌며 평생 주인에게 돌아가지 못할 것이다. 얼굴 한 번 보지 못한 주인을 잃게 만들어 유감이었지만, 그 주인을 옭아맬 사람은 나였으니 어쩔 수 없었다. 우산을 쓰지 않은 머리 위로 찬 빗줄기가 계속

해서 쏟아져 내렸다. 폭풍이 올 모양이었다.

　원래도 그랬지만, 윤우는 점점 감정 표현이 드물어졌다. 황형주가 스토킹을 하는 것 같다는 내 말에 그는 나를 걱정했지만, 놀라지 않았다. 정말? 놀랐겠네. 성난 아이를 달래는 것 마냥 부드럽기만 한 말투는 황형주가 내게 해를 입힐까 전전긍긍해하지 않는다는 걸 내포했다. 그는 나를 안전하게 데려다준다며 집 안까지 따라들어오고, 내 휴대폰을 정지시켰다. 그리고 가끔씩 윤우에게 발신 불명의 메시지가 오곤 했는데, 그럴 때마다 윤우는 거슬린다는 듯짧게 혀를 차는 모습을 보였다. 그러나 그는 내가 무슨 일이냐 물어도, 아무것도 아니라며 부정의 말을 기계처럼 연신 반복할 뿐이었다.

　나는 더 이상 황형주의 행보를 알 수 없었다. 휴대폰이 제 구실을 하지 못하니 당연했다. 머지않아 그가 찾아오겠구나, 그저 짐작만 할 뿐이었다.

　그리고 예상은 빗나가지 않았다. 황형주는 상처가 아물어 예쁜 얼굴을 당당하게 들 수 있을 때쯤 나타났다.

　갑작스레 비가 쏟아지는 바람에 나와 윤우는 비를 피해 가까운 윤우의 집으로 갔다. 그러나 현관에 들어서자마자 나는 갑자기 등골이 서늘해졌다.

　빛이 침투하지 못하도록 쳐놓았던 장막은 손쉽게 사라졌다. 어둠이 걷힌 거실은 밝았다. 정갈한 모양으로 양옆에 모아진 커튼은 제집인 양 자연스레 들어와 있는 황형주가 정리했을 게 분명했다. 그는 베란다 문을 열어놓은 채로 창밖을 바라보고 있었다. 우리의 기척을 알아챈 그가 반갑게 인사했지만, 윤우의 옆에 불순물처럼 붙어 있는 날 향한 인사는 아니었다. 나와 눈이 마주치자 그가 인상을 찌푸렸기 때문이었다.

희, 너는 정말 끝까지 붙어 있구나. 윤우가 어떤 애인지는 알고 있는 거야?

황형주, 조용히 해.

그렇게 말하며 윤우는 뒤에 서 있는 나를 화장실 쪽으로 살짝 밀었다. 그를 올려다보자 그가 머리카락 끄트머리를 툭툭 쳤다. 젖은 머리를 닦고 오라는 뜻이었다. 나는 눈으로 물었다. 황형주는? 윤우는 말없이 한 번 더 나를 뒤로 밀었다.

물론 희, 너도 만만치 않은 것 같지만, 넌 아직 윤우를 다 아는 데 충분한 시간을 보내지 않았잖아. 윤우가 널 싸고도는 이유를 도통 모르겠단 말이지.

내가 가만히 서 있자 윤우는 몸을 돌려 나를 화장실 안으로 직접 떠밀었다.

나오지 말고 여기 있어.

윤우가 굳은 표정으로 문을 닫았다.

문을 닫으니 바깥의 소리 소리가 잘 들리지 않았다. 간간이 몇 가지 어휘나 마디가 들리는 게 다였다. 친구, 우리, 정, 그만, 형주……, 그러다 어느 순간, 누군가 내달리는 소리가 들리더니 윤우의 다급한 외침이 이어졌다.

황형주!

나는 겁에 질린 그의 목소리를 듣자마자 문을 벌컥 열었다. 나는 왜 항상 마지막 장면을 기가 막히게 목격하게 되는 건지, 처음으로 세상이 원망스럽다는 생각이 들었다.

난, 이제 더 바랄 게 없어.

언젠가 보았던 죽음처럼, 황형주의 눈은 희열에 잔뜩 젖어 번들거리고 있었다. 그리고 그는 순식간에 시야에서 사라졌다.

비바람이 들이치는 베란다의 풍경은 그야말로 아수라장이었고, 동시에 절망이 무겁게 내려앉아 우리조차 도저히 앞이 보이지 않는 긴긴 어둠이 뿌리를 내린 현장이었다. 이 공간에 들어왔을 때는 완전했던 세 명의 숨소리가 두 명으로 줄어드는 순간 불완전해졌고, 방금 막 한 명의 숨소리가 격렬히 요동치다가 점점 희미해짐으로써 온전한 형태를 찾아볼 수 없게 되어버렸다. 남은 한 명은 과연 어땠을까.

문득 새엄마가 내게 했던 말이 떠올랐다.

사랑이라는 건 말이야, 밀도가 높아. 그래서 한 번 그 안으로 들어가면 제대로 호흡하는 법을 알면서도 잊게 돼.

나는 누군가를 위해 내 호흡이 끊기지 않도록 애쓰고 있음을 의식하지 못하고 있었다. 그건 새엄마가 정의 내린 사랑을 전면으로 반박하려는 필사적인 몸부림이었다.

그러나 인생은 어찌나 이렇게 가혹한지, 우리는 또다시 난잡한 죽음의 방관자―혹은 희생자―가 되었다.

다섯 시 십칠 분의 소년을 기억해?

그 소년은 해가 있는 다섯 시와 해가 없는 다섯 시, 두 개의 시간에 영영 갇혀 지내고 있었다. 억겁의 굴레에서 벗어나기 위해 발버둥 치기보다는 온몸에 힘을 빼고, 가벼운 몸뚱어리가 수면 위로 떠다니길 기다렸다. 그 순간이 지나가기를. 그러나 그는 모르고 있었다. 그가 갇혀 있던 공간이 어느새 천장까지 들어찬 물 때문에 떠다닐 수면의 경계조차 잃고 말았음을. 물속에 잠긴 소년은 목이 아니라 자신의 명치를 끌어안았다. 주변에는 먼지만 떠다니는데, 희한하게도 가늘고 얇은 줄 같은 게 명치를 포박하고 있는 기분이 들어서였다. 앞으로 손을 휘저어도 만져지는 건 없었다. 그러나 그를 압박하는 힘은 더욱 세졌다. 그는 보이지 않는 끈을 푸는 방법 같은 건 알지 못했다. 그는 수영할 줄도 몰랐다. 그래서 가라앉기를 선택했다. 이미 그 혼자인 곳이었지만, 혹여 두꺼운 천장을 뚫고 들어온 빛 한 줄기가 자신을 발견하지 못하도록, 가장 밑바닥으로 내려가고자 했다.

윤우는 하루에 두 번, 의무적으로 몸을 숨겼다. 찜통 같은 더위가 징그럽게 달라붙는 플라스틱 미끄럼틀 안, 오물 냄새가 나는 공중화장실, 그의 고요한 집, 장소는 다양했지만, 반드시 그 혼자여야 했다. 나는 그를 따라가지 않았다. 그가 원하는 일이었다.

나 좀, 살려줘.

병원 침대에 누워 인공적으로 숨을 쉬고 있는 윤우는 꼭 그때처럼 말했다. 나는 그의 눈가를 손으로 한번 훑었다. 손가락이 물기로 축축해졌다. 나는 물기를 내 옷자락에 닦아내고는 덤덤히 대꾸했다.

그래.

윤우는 수마에 빠져들었다. 나는 침대 옆으로 의자를 가져와 앉았다. 고르게 오르내리는 가슴에 왼쪽 뺨을 대고 그의 허리를 양손으로 둘렀다. 그의 심장 박동을 들으며, 나도 천천히 눈을 감았다.

원했던 일을 원치 않은 방식으로 이뤄낸 기분은, 참담했다.

또다시 죽음을 마주한 윤우는 극도의 불안증세를 보이기 시작했다. 그러나 그는 죽음의 냄새를 물씬 풍기는 그의 집에 끝끝내 돌아가기를 고집했다. 나는 윤우를 혼자 둘 수 없었고, 나 역시 혼자 땅을 버티고 서 있는 게 어느 순간부터 버거워져서, 그의 집에서 함께 지내게 되었다.

우리는 우리만 존재하는 작은 세상 안에 갇혔다. 세상의 시선조차 새어 들어오지 못하도록, 모든 틈을 남김없이 지워냈다. 윤우는 내가 그의 부모님이 지내던 안방에서 생활하기를 원했다. 우리는 학교를 그만두었고, '천희모'도 없앴다. 사실 '천희모'는 우리가 처음 만난 통로였기 때문에 의미가 있었던 거지, 이제 와서 그 채팅방에서 특별한 의미를 발견할 일은 없었다. 서로 숨을 잘 쉬고 있는지 들여다보는 일 외에 특별히 우리가 하는 건 없었다. 윤우는 여전히 하루에 두 번 꼴로 과호흡이 왔지만, 알약과 내 체온에 의지하며 견뎠다. 어두컴컴한 화장실이나 창고에는 더는 숨어들지 않았다. 그가 헐떡이는 소리를 들으며 잠드는 게 일상이 되었다.

황형주는 영원히 나타나지 않을 것이다. 관객이 둘뿐이던 길고 지루했던 연극은 끝이 났다. 각본가의 정체는 미궁에 빠졌다.

눈이 내렸다. 윤우는 성인이 되었고, 검정고시를 쳐서 대학에 갈 정도로 많이 안정되었다. 그러나 나의 안정은 그 어디에서도 보장받을 수 없었다. 심지어 윤우조차도 해결해 줄 수 없었다. 윤우는 나의 반대에도 불구하고 방 밖으로 나갔다. 그리고 문을 닫았다. 나는 아직 그 안에 있었는데도, 상관없다는 듯.

술에 취해 들어온 윤우는 제힘으로 몸도 가누지 못하고 현관 앞에서 쓰러졌다. 그런 그를 어깨에 힘겹게 들쳐메고, 거의 끌다시피 해 그의 방으로 갔다. 그를 겨우 침대에 눕히고 돌아서려다 생각을 바꿔 그의 옆에 자리를 잡고 누웠다. 그는 이제 잠결에도 잘 웃지 않았다. 유치한 게임이나 할 적에는 제법 잘 웃었던 것 같은데, 언젠가부터 그는 고요하기만 했다. 다정하지 않다는 뜻은 아니었다. 윤우는 더 이상 내가 기억하는 나약한 소년이 아니었다. 그 점이 나는 조금 서글펐다. 세상에서 가장 유약한 존재였던 소년은 어느새 세상을 똑바로 바라보고 있었다. 나는 그게 마음에 들지 않았다.

눈이 마주쳤다. 윤우는 어느새 눈을 뜨고 나를 바라보고 있었다. 불 꺼진 방 안에서도 그의 눈동자는 고고히 빛났다. 그리고 그 안엔 내가 들어있었다.

술 많이 마셨어?

응. 속 안 좋다.

윤우가 내 쪽으로 머리를 숙였다. 나는 그의 부드러운 머리카락을 가만히 쓰다듬었다. 기분 좋다는 듯 그는 몸을 더 가까이 붙여왔다. 나는 기계적으로 손을 움직였다. 생각이 많아진 탓이었다.

표정이 왜 그래.

뭐가?

술 냄새나서 싫어?

아니.

아니면 서운한 거 있나.

그의 물음에 나는 몇 번이나 입술을 달싹였지만 끝내 말하진 않았다. 대신 다른 말을 꺼냈다.

밖에 나가자.

지금?

눈 와. 오랜만에 맞고 싶어.

나 지금 잠 오는데.

진짜 안 나가?

윤우가 말 없이 몸을 일으켰다. 어지러웠는지, 바닥에 발을 딛고 서자 그가 휘청였다. 그러나 내가 내민 손을 잡고, 넘어지지 않으려 눈에 힘을 주는 모습이 여전히 사랑스러웠다. 그는 취한 와중에도 겉옷 없이 나가려는 나를 붙잡아 패딩을 입혀주었다. 정작 그는 얇은 롱코트를 입고 있었다.

새벽 네 시 반에 눈을 맞으러 나온 주민은 없었다. 하늘에서 쉴 새 없이 쏟아진 눈이 바닥을 뒤덮었다. 발등까지 올라올 정도였다. 손바닥을 펼치니 그 위로 보잘것없는 흰 먼지들이 질서 없이 뒤엉켰다. 그때 갑자기 요란한 소리가 들렸다. 뒤를 돌아보니 윤우가 눈썹을 찡그린 채로 눈 위에 주저앉아 있었다. 그 모습에 웃음이 주체할 수 없이 새어 나오기 시작했다. 내 웃음 소리에 멈칫한 윤우는 앉은 상태 그대로 날 올려다보더니 따라 웃었다. 분식집 앞에서 날 기다리며 보여줬던 그 웃음처럼 말갛게. 눈과 웃음은 쉽게 그치지 않았다.

나는 그를 일으켜 주는 대신 그 옆에 털썩 앉았다. 그는 슬리퍼를 신고 있었다.

그걸 신으니까 넘어지지.

슬리퍼인 줄 몰랐어.

매서운 바람이 한바탕 휩쓸고 지나갔다. 나는 뺨에 달라붙은 눈을 쓸어냈다. 밖에서 바람을 쐬는 건 오랜만이라 살을 에는 추위에도 들어가고 싶다는 생각은 들지 않았다. 그런 내 마음을 눈치챘는지 윤우가 넌지시 물어왔다.

또 나올까?

나는 고개를 저었다.

너 바쁘잖아.

어느덧 눈이 그쳤다. 땅에서 올라온 냉기 때문에 감각이 없어졌다. 그래도 우리는 계속 앉아 있었다. 그는 나를 기다리고 있었다. 나는 입을 열었다.

윤우야. 넌 아직도 혼자가 좋아? 변하지 않았어?

응. 넌?

나도.

아니, 사실 난 아니야. 나는 흐린 말끝에 진심을 숨겼다. 혹여 그가 알아챘을까, 괜한 조바심이 들어 그를 옆눈으로 힐긋 훔쳐봤지만, 그는 그를 덮친 취기를 쉬이 이기지 못하고 세운 무릎 위로 팔을 괸 채로 졸고 있었다. 나는 안심하며 눈을 털고 일어났다. 그러고는 그를 일으켜 세웠다. 반쯤 감겼던 그의 눈이 다시 떠졌다.

우리 약속 하나 할래?

응.

윤우는 고분고분한 태도를 보였다. 술 때문인지, 아무래도 좋다
는 건지. 그는 여전히 무해하고 사랑스러웠다. 나는 그의 뺨 앞에
입술을 가까이 가져다 대고, 작지만 단단한 목소리로 말했다.

우리, 같이 천사가 되자.

……응.

나는 그대로 입술을 붙여 그의 뺨에 키스했다. 너는 내가 천사가
되도록, 나는 네가 천사가 되도록 최선을 다해 도와야 해. 약속에
강제력이 추가된 셈이었다. 윤우의 눈꺼풀이 닫혔다.

눈이 다시 내리기 시작했다. 그날로부터 2년 동안, 나는 최선을
다해 그를 사랑했고, 미워하는 척을 했다.

그리고 여름이 찾아옴과 동시에, 나는 가증스러운 소년의 곁을
떠났다. 그와 나에게 마지막 기회가 주어진 계절이었다.

퍼렇게 눅진한 하늘이 녹아내리고, 음울한 먹색이 그 위를 뒤덮
었을 때 윤우는 나에게 돌아왔다. 그는 추위엔 쥐약이었다. 냉기
에 몸이 떨리는 느낌이 버려졌다는 느낌이 들 때와 가장 비슷하다
는 이유로 그는 추위를 싫어했다. 내가 눈을 보고 싶어 한다는 이
유 하나만으로, 잘 가누지도 못하는 몸을 이끌고 밖에 나갔던 그
새벽 날은 그의 머릿속에 각인될 만큼 인상적이었던 게 분명했다.
그간 연락조차 하지 않았던 그가 날 만나러 온 건 한바탕 폭설이
지나가고 하늘과 땅이 쥐 죽은 듯한 정적으로 가득 차 있었던 어느
새벽이었다. 그를 떠난 후 나는 여전히 아빠의 숨소리가 들리는 듯

한 집으로 돌아왔다. 문을 열자 집안의 건조한 공기가 얼굴을 덮쳤다. 당연한 말이지만, 안에는 아무도 없었다. 그 뒤로 나는 집에 있는 빛이란 빛은 모조리 밝혀 두고, 새벽녘이 되면 밖으로 나가 해가 뜰 때쯤 들어오는 습관이 생겼다. 새벽 다섯 시, 그 자리에서 윤우가 날 만날 수 있었던 행운은 어느 순간 이유 없이 생긴 내 습관 덕택이었다.

그는 목까지 올라오는 회색 니트에 검은색 로브코트를 단정히 걸친 차림으로 날 기다리고 있었다. 그가 얼마나 오랜 시간 거기에 서 있었는지는 몰랐다. 끊임없이 잘게 떨리는 어깨, 붉어진 콧등과 뺨으로 얼추 짐작만 할 뿐이었다. 나는 그를 발견하고 크게 놀란 것도, 그렇다고 놀라지 않은 것도 아니었다. 심장은 잔잔했다. 그렇지만 뇌 속은 정체를 알 수 없는 열기로 뜨거워지고 있었다. 뇌에서 입 밖으로 나온 말은 그 열기를 해소하기 위해서였다.

넌 단 한 번도 내 앞에서 평정심을 잃지 않는구나. 옷차림도 항상 그렇게 흐트러지지 않고. 너는 생각보다 난장판을 하고 있지 않았네.

널 보러 오는데 어떻게 엉망인 모습을 할 수 있겠어.

그가 흐리게 웃었다.

그의 불행을 종용하고 바라는 말에도 그는 동요하지 않았다. 오히려 아무렇지 않다는 듯 내 말을 맞받아쳤지만, 수척해진 안색까진 숨길 수 없었다. 그는 금방이라도 쓰러질 것처럼 위태로워 보였다. 그의 앞에 서 있는 내가 구원자인지, 혹은 적대자인지도 모르는 주제에 그는 자꾸만 나에게 눈을 맞춰왔다. 네 앞의 존재를 잊지 말라는 듯. 그런 그가 가소로우면서도 안타까워 나는 아무런 말도 하지 못했다.

윤우는 눈 위를 저벅저벅 걸어오더니 이내 내 앞에서 멈추었다. 역시 그에게선 생기를 제외하면 아무런 향도 나지 않았다. 이렇듯 그는 늘 깔끔하고 담백한 사람임을 실감한다.

내가 망가졌으면 좋겠어?

여상히 물어오는 말에도 노골적인 감정을 묻지 않는다. 그러나 나는 그를 매우 오랜 시간 지켜봤기 때문에 알고 있다. 그가 분노했다는 것을. 그는 화를 낼 때조차 미지근했다. 분노를 받는 대상은 명확했다. 바로 그였다.

네가 원한다면, 네 앞에서 몇 번이고 무너질 수 있어.

그는 고개를 떨궜다.

버리지만 마. 잘못했어.

발 앞에 비규칙적으로 원 모양이 쏟아져 내렸다. 추위에 무감해진 탓일까, 몸의 감각이 얼어붙은 탓일까, 나는 그의 무너짐을 보면서도 전혀 기쁘지 않았다. 괴롭히려고 건져 온 개구리가 집으로 가져와 보니 이미 병에 들어 있는 기분이었다. 개구리에게는 연약한 생명력만 남아 있을 뿐이었다. 그러나 이제 와 그것을 방생할 순 없었다. 반응을 보이지 않는 내게 연속적으로 사죄와 호소의 말만을 전하던 윤우는 노선을 틀어 내 관심을 유도했다.

왜, 날, 떠났어?

그리고 그건 아주 성공적인 전략이었다. 그는 내가 내보일 감정이 꼭 뜨겁고 말랑한 날 것이 아니어도 괜찮았다.

울음을 참느라 툭툭 끊어지는 목소리와 핏발 선 안구에 원망의 파도가 물결쳤다. 점차 가열되던 뇌 속은 어느 순간에 끓는점에 도달하여 가장 뜨거워졌다가, 그 지점을 지나는 순간 급작스레 냉각되었다.

네가 먼저 날 속였잖아.

나는 그에게 차갑게 일갈했다. 겨우 버티고 서 있던 윤우는 무너졌다.

낯 간지럽게 들릴 수도 있겠지만, 백희를 처음 봤을 때 나는 그 애가 천사인 줄 알았다. 닿지도 않는 하늘 어딘가에서 인간의 귓가에 대고 평화를 속살거리는, 보이지도 않는 형체 한 줌이 아니라 손을 뻗으면 손가락 끝에 온기가 느껴지는 살아있는 천사.

소희는 말을 듣기 좋게 하는 법을 몰랐다. 그렇지만 특유의 심드렁하고 무관심한 말투가 오히려 나를 더없이 편안하게 만들었다. 투박한 말솜씨를 가진 그 애와 많은 이야기를 나눌수록, 나는 점점 그 애의 생각을 많이 하게 되었다. 어떤 날에는 나밖에 존재하지 않는 광활한 어둠만 반복되던 꿈속에 그녀가 찾아오기도 했다. 창밖으로 떨어진 부모와 윤주를 보며 비명을 지르고 있는 나에게 다가온 백희는 나를 안아주지 않았다. 대신, 나더러 부모를 죽였냐고 물었다. 그렇다고 대답한 순간, 부모가 떨어지기 전으로 돌아온 나는 그들의 등을 강한 힘으로 밀고 있었다. 그들 옆에 윤주는 없었다. 그리고 꿈에서 깨어났다.

나를 괴롭히던 환영이 없어진 건 그날 이후부터였다. 진짜 천사가 날 구원해 준 거구나. 나는 백희를 맹목적으로 따르기로 했다. 백희가 소희가 되었을 때도 내 결심은 변하지 않았다. 오히려 그녀는 천사가 실존한다는 명백한 증거였다. 천사는 윤주를 닮았다. 다시 생각해 보니 윤주가 천사를 닮은 것도 같았다. 그렇다면 윤주는 천사가 된 걸까? 이런 생각에 빠져 있다 보면 때때로 형언할 수 없는 자괴감이 찾아오곤 했다. 살아있는 사람에게 죽은 사람을 투영해서 본다는 죄책감 때문은 아니었다. 있지도 않은 신을 추종하면서 이상한 교리를 믿었던 부모의 피가 나한테도 흐르고 있을지도 모른다는 걱정 때문이었다. 부모의 존재를 한사코 부정했지만 나는 그들의 아들임이 확실했다. 그런 날이면 나는 다시금 침잠하여 그들의 잔상을 확인할 수밖에 없었다. 현실의 환영은 사라졌지만, 꿈속의 환영은 내 의지대로 지울 수 없었으니까. 그들은 뼈가 으스러지고 절단된 신체 부위들을 대충 붙여놓은 모습으로 나타나 기괴한 음성을 냈다. 그들이 하는 말은 똑같았다. 사탄은 절대 천사가 될 수 없어.

　난 천사가 될 수 없어.

　눈을 뜨면 깨질 것 같은 머리를 부여잡으며 몇 번이고 그 말을 반복했다. 그들의 세뇌는 성공한 셈이었다. 그런 아침을 보낸 후 소희를 만나러 갈 시간이 되면 가장 정갈한 차림새를 했다. 몸을 씻고, 머리를 감고, 구김살 하나 없도록 옷을 털어내 입고, 머리를 손질하고, 몸에 덕지덕지 붙은 시체 썩은 냄새를 지우려 안간힘을 썼다.

　천사가 될 수 없다면 천사를 사랑하자. 천사를 삼키면 나도 천사가 되겠지.

그런 심경이었다.

황형주를 우연히 만났을 때, 가장 먼저 든 생각은 딱히 없었다. 과거에는 그와 각별한 사이였음을 나도 어렴풋이 기억한다. 그러나 몇 년이 지난 뒤 다시 만났다고 해서, 그때의 친밀감이 그대로 유지되기란 쉽지 않은 일이었다. 게다가 나는 내가 외롭지 않기 위해 황형주와 친구가 된 이유가 컸다. 다시 말해 그와 온정을 나눈 건 사실이지만, 그 이상을 원한 적은 없었다는 의미다. 온도는 영원불변의 상태일 수 없다. 온정이 있다면 냉정 또한 있기 마련이다. 지금의 내게 황형주는 그때처럼 유일한 존재가 아님을 알기에 황형주에게 남은 내 감정은 무(無)밖에 없는 것이었다. 황형주가 이단이라는 사실을 알면서도 모른 척했던 과거와 달리 현재엔 그의 정체에 대한 거부감이 마음속을 장악했다는 식의 부정적 감정은 애초에 있지도 않았고, 생길 예정도 없었다.

다만, 황형주가 소희와 함께 있는 장면을 봤을 때, 나는 단전에서 튀어 오르는 작은 불꽃들을 느낄 수 있었다. 그건 황형주에 대해 내가 가지는 감정이 아니라, 결국은 내가 소희에게 가지는 감정의 일부였다. 소희와 가까이 붙어 있는 황형주를 당장 치워버리고 싶다, 정도가 내가 다시 만난 황형주에게 품은 최소한의 느낌이었다.

소희를 두고 황형주를 만나러 다시 피시방으로 돌아간 이유도 어쩌면 비슷한 맥락이었다. 언젠가부터 가슴 부근에서 열기가 고이는 느낌이 들기 시작하더니, 최근에는 몸집을 키워 덩어리처럼 딱딱하게 굳은 상태가 되었다. 나는 이 고체 덩어리를 자유롭게 풀어 주고 싶었다. 그러기 위해서는 소희가 온전히 내 세계에 속하도록 만들어야 했다. 그리고 나는 그 방법을 황형주한테서 찾을 수 있었다.

황형주는 내가 다시 돌아올 것을 예상했는지, 아니면 나를 기다리고 있었는지 이미 건물 앞에 나와 있었다. 따분한 표정으로 담배 연기를 만들고 있던 그는 내 얼굴을 보자 손을 흔들었다. 그러고는 지체 없이 불을 껐다.

안녕, 윤우야.

황형주가 담백한 인사를 건넸다. 꼭 어제까지 얼굴을 보던 사이처럼, 친근하고 한 치의 어색함도 없이, 황형주가 나를 반기고 있음을 그의 또렷하게 빛나는 눈빛에서 알 수 있었다. 예전의 나라면 마냥 좋아했겠지만, 지금은 고개를 돌리고 싶다는 마음이 들 정도로 부담스럽게만 느껴졌다. 그러나 그에게 부탁을 해야 하는 입장이었으니, 그의 기분을 맞춰줘서 나쁠 건 없었다. 게다가 오랜만에 만난 옛 친구를 외면할 만큼 그에게 악감정이 남은 것도 아니었기에 4년 만에 인사를 건네는 데 큰 어려움은 없었다.

그래, 안녕. 근데 네가 이 동네에 올 일이 있어?

내가 그에게 관심을 가지는 것처럼 보이자, 황형주는 아이처럼 들떠서 말을 늘어놓기 시작했다.

이 근처에서 봉사가 있었어. 거기 갔다가, 잠깐 쉬려고. 그리고 예전에 너랑 여기 자주 왔던 기억도 나서 오랜만에 와봤는데, 널 만나서 정말 기뻐.

그랬던가. 기억이 나지 않았지만 나는 대충 고개를 끄덕였다. 소희가 아닌 다른 사람과 간만에 보내는 시간은 느리고 지루했다. 소희의 얼굴을 한 번 떠올렸더니, 자연스레 소희가 보고 싶어졌다. 황형주와 대화를 나누는 이 시간에 소희의 뒷덜미를 느리게 문지르는 게 훨씬 효율적일 텐데. 아니면 말랑거리는 뺨을 조물거리다가 은근슬쩍 입술을 붙이는 것도 괜찮았다. 나는 황형주의 기분을 맞춰주는 일을 그만두고, 본론을 꺼내기로 했다.

네 취미 아직 그대로야?

어떤 거? 여자 뒤꽁무니 쫓아다니는 거 말하는 거야?

황형주가 순진무구하게 물었다. 황형주는 예전부터 내 앞에만 서면 온순한 개처럼 바닥을 설설 기었지만, 사실 그는 순응을 연기하는 영악한 짐승이었다. 그의 내면에 도사리고 있는 폭력성은 부모로부터 받지 못한 관심에서 기인했다. 그래서 그는 애정 결핍을 스토킹으로 풀어냈다. 물론 황형주의 부모가 쉬쉬한 탓에 그 사실을 아는 사람은 거의 없었지만, 그의 엄마가 내 부모를 찾아와 하소연한 걸 엿들은 덕분에 나는 황형주의 음침함을 진작부터 알고 있었고, 황형주는 오히려 큰 비밀을 나눈 진정한 친구가 되었다며 기뻐했다. 그는 제 버릇의 문제점을 찾지 못하고, 불순한 취미로 삼기까지 했다. 그건 결코 끊을 수 없는 그의 버릇이었다.

나 부탁 하나만 하자.

너라면 나한테 죽음을 명해도 기꺼이 따를 수 있지. 뭔데?

오버하지 말고. 폰 줘 봐.

황형주는 고분고분 내 말을 따랐다. 한 가지 덧붙이자면, 황형주는 쾌락을 좇는 게 인생의 유일한 가치라고 생각하는 사람이었다. 특히 양질의 쾌락을 얻는 방법은 타인을 집요하게 괴롭히는 것이라고, 언젠가 그가 말했었다. 그런 그가 새로운 자극을 마다할 리가 없었다.

눈을 번득이는 그가 너무나도 역하게 느껴졌다. 그가 소유한 것들 중 어느 것에도 닿고 싶지 않아, 그의 휴대폰에 소희의 번호를 빠르게 입력한 뒤 그의 휴대폰 던지다시피 그에게 돌려주었다.

적당한 공포심만 심어주면 돼. 자리는 마련해 줄 거고, 연락은 어느 정도 친해지면 해. 평소 네가 하는 것처럼.

소희가 위험해지는 건 나도 당연히 원치 않았다. 그러니 내가 황형주에게 부탁하려는 건 소희가 좀 더 나에게 의지하도록, 그 애의 세상에 나밖에 남지 않아, 결국 나만을 바라보며 살 수밖에 없게 만들도록 경각심을 조금 심어주려는 것뿐이었다. 계획이 성공한다면, 소희는 내 안에서 완전무결한 상태로 살아갈 것이다.

나랑 아는 사이인 것도 티 내지 말고, 과하게 들이대지도 마.

알았어. 아까 너랑 손잡고 나간 그 예쁜 여자애 말하는 거지?

그래. 묻지 말고 넌 그냥 내가 시키는 대로 하면 돼.

다른 남자의 입으로 소희의 칭찬을 듣는 건 달갑지 않은 일이었다. 소희를 내 세상으로 들어오도록 유도하는 사람이 필요한 상황 자체가 심기가 불편해지는 일이기도 했다. 나 혼자로 가능했다면, 황형주에게 손을 벌리지도 않았을 것이다. 그러나 소희는 단순하지 않았다. 그녀는 내 모든 걸 꿰뚫고 있지만, 나를 배려하기 때문인지, 아무래도 상관없기 때문인지, 짚고 넘어가야 하는 상황을 무던히 넘길 때가 종종 있었다. 나와 황형주 사이의 일을 지금까지 묻지 않은 게 대표적이었다. 물론 그녀의 그러한 선택 덕분에 황형주라는 변수를 끼워 넣을 전략을 떠올릴 수 있었지만.

하지만 나 역시 소희를 어느 정도 알고 있다. 내게 직접 묻지 않을지언정, 소희는 어떤 수를 써서라도 나를 구성하는 모든 본질적 요소를 파악하고 말 거라는 걸. 지금은 그 순간이 아직 찾아오지 않은 것이었다. 그래서 나는 조급할 수밖에 없었다. 소희가 먼저 허튼짓을 벌이기 전에, 그녀를 묶어 두어야 했으니까. 그녀가 순순히 손목을 내어 주길 바랄 뿐이었다.

근데 윤우야. 어느 정도까지 가능한 거야?

황형주의 음침한 목소리에 상념이 부서졌다. 어느 정도? 나는 그 말에 속이 역류할 듯 울렁거리기 시작했다. 소희가 온몸에 황형주의 담배 냄새를 묻히고 돌아온 기억이 되살아난 탓이었다. 그때 나는 소희의 속으로 이미 흘러 들어간 연기를 빼내기 위해 그녀의 목구멍에 손가락을 집어넣어 쑤시고 싶은 충동을 겨우 억눌러야 했다. 고약한 버릇을 차마 끊어내지 못해 괘씸했던 적이 한두 번이 아니었지만, 그럴 때마다 내 눈치를 살피거나 말간 눈을 흡뜨며 바락바락 대드는 모습이 사랑스러워, 아직 나는 그녀의 적수가 되지 못한다.

그래, 소희가 접촉을 즐기는 상대는 내가 유일하다. 그녀의 손길은 오직 나에게만 뻗어야 하고, 그녀가 내리는 은총은 그녀를 신봉하는 단 한 명의 신자인 나에게만 내려져야 했다. 왜냐하면 그녀를 잡아먹을 사람은 반드시 내가 될 거니까.

손잡아도 돼?

사악한 이교도 따위가 아니라. 나는 글자 하나하나를 짓씹듯 내뱉었다.

형주야, 혹시 눈치가 없어? 내가 걔 앞에서 헥헥거리는 꼴을 보고도 그딴 질문이 나와?

 내가 허락을 구하는 걸로 보여?

 뭐?

 네가 그토록 절절해 마지않는 여자를 내가 마냥 착하게 대우할 거라는 착각은 안 했으면 좋겠어.

 꼬리를 살랑거리며 맹렬히 고개만 끄덕이던 황형주는 어느덧 사라지고 없었다. 대신 그 자리에 있는 건 위험하게 눈을 빛내는 한 마리의 뱀이었다.

 나한테 부탁 같은 걸 하는 순간, 우리는 돌아갈 수 없는 진창에 빠진 거야.

 황형주는 상황에 어울리지 않게, 제법 해사한 미소를 지어 보였다. 그 미소는 나를 불안하게 만들었다. 그러나 그에게 침착함을 잃은 모습을 보여줘선 안 됐다. 그는 눈앞의 약자를 기민하게 알아채는 능력이 탁월한 사람이었다.

 이 이상 공격적으로 나가면 곤란해지는 쪽은 나였다. 나는 어쩔 수 없이 그의 환심을 살 수 있는 가장 확실한 방법을 써야 했다. 말을 내뱉는 순간에도 입 안이 꺼끌꺼끌했다.

 부탁할게. 넌 내 친구잖아.

 그 말에 황형주는 언제 돌변했냐는 듯 다시 멍청한 모습으로 돌아와 고개를 끄덕였다. 나는 속으로 작게 혀를 찼다. 황형주와의 불필요한 관계를 이런 식으로 이어 붙이는 게 과연 옳은 판단인지 의문이 들었기 때문이다. 그러나 모든 건 소희를 위한 일이라 합리화했다. 그래, 이건 소희를 위한 나의 희생이었다.

 황형주는 유유히 자리를 떴다. 그가 바닥에 남기고 간 담뱃재를 쳐다보며 상념에 잠겼다. 나는 언제부턴가 그의 빈자리를 그리워하지도, 그를 미워하지도 않게 됐다. 나의 외로움뿐 아니라 나의 온갖 더러운 감정들을 토닥여 주고 뺄게 해주는 단 한 명의 존재를 얻고나서부터였다. 그러나 나는 천사가 오직 내 소유의 것이라 철석같이 믿고 있었고, 그러한 오만은 내가 많은 것들을 간과하도록 만들었다. 이를테면, 내 관심을 되돌리기 위해서라면 죽음까지 각오할 정도로 황형주가 내게 가진 집착이 무척이나 거대하고 질척였다는 것 정도.

계획은 순조롭게 흘러가지 않았다. 가장 큰 이유는 황형주가 제 역할을 톡톡히 해내지 못했기 때문이다. 황형주에게 소희의 유약함을 끄집어내 달라고 부탁했지만, 황형주는 나와 소희, 그리고 그가 난입한 삼각관계를 즐기느라 일은 뒷전이었다. 게다가 소희는 웬만한 일에 감정을 드러내지 않았기 때문에 계획을 실현하는 데 어려움이 따랐다. 내 우려대로 소희가 결국 일을 친 그날부터 계획은 엉망이 되어가고 있었다. 변수는 셀 수 없을 만큼 많았다. 소희가 내 반응을 이끌어내기 위해 황형주와 살을 맞댄 것, 그런 행동이 황형주를 더 자극했다는 것, 소희가 친 덫에 내가 보기 좋게 걸려들었다는 것, 황형주의 비틀림이 생각보다도 더 악질이었다는 것.

그리고 내가 소희를 사랑한다는 것.

나는 황형주를 끌어들이지 말았어야 했다. 오히려 끌어올려진 건 내가 되었기에.

황형주는 주어진 본분을 다하기만 하면 됐다. 내 대본, 그리고 내 명령에 따라 연기해야 하는 배우는 황형주였고, 각본가는 나였기 때문이다. 그건 내가 무대 밖에만 서 있어야 했다는 의미다. 이 공연에 휩쓸릴 생각은 추호도 없었다.

소희의 행동에 자극을 받은 황형주는 본격적으로 소희를 스토킹했다. 그러나 그는 일을 해낸 뒤에 꼭 내게 칭찬을 요구하는 듯한 연락을 보냈다. 알고는 있었지만, 그가 관심을 가졌던 대상이 소희가 아니라 나라는 걸 확실히 알게 된 순간의 기분은 썩 유쾌하지 않았다.

희네 집 비밀번호 알아냈어. 0510. 잘했으니까 칭찬 해 줄래?
너한테 줄 선물도 같이 보냈어. 고심해서 골랐는데, 네 마음에 들었으면 좋겠다.

나는 계속해서 진동이 울리는 휴대폰의 전원을 *끄고* 침대 한구석에 던져버렸다. 소름 끼치는 감각이 전신에 올라왔다.

그를 무시하는 날이 길어질수록, 황형주가 나를 찾아올 거라는 예감이 들었다. 그는 서서히 나와 소희를 압박해 왔다.

윤우야, 마지막으로 할 말이 있어.

그리고 그 예감은 정확했다. 주인인 양 남의 집에 들어와, 한 번도 걷은 적 없었던 커튼을 활짝 열어젖힌 채 황형주는 날 기다리고 있었다. 이제 소희는 그의 안중에도 없었지만, 혹여 소희가 전처럼 황형주를 다시 이용하겠다는 헛된 생각이라도 품는다면 일이 더 없이 골치 아파질 게 자명했기에, 소희를 화장실로 보냈다.

황형주는 어떤 다짐이라도 한 듯 결연해 보였다. 그는 무언가에 홀리기라도 한 것처럼 소름 끼치는 웃음을 흘리며 내게 한발짝 다가왔다. 그에 반해 나는 자연히 뒷걸음질만 치게 되었다. 지금의 황형주는 제정신이 아니었다. 본능적인 두려움이 들자, 이제는 발을 움직이는 것도 힘이 들었다. 그러나 뒤쪽에는 소희가 있었다. 나는 겨우 정신을 다잡았다.

윤우야, 우리는 친구야?

그럴 리가.

나는 그의 물음에 비웃음으로 답했다.

왜? 네가 말하는 사이비, 그게 나여서? 근데 그게 우리가 더 이상 친구일 수 없는 이유가 돼?

황형주가 고개를 기울이며 이해가 되지 않는다는 듯 말끝을 올렸다.

그렇지만, 우리는 정을 나눴잖아.

황형주는 더 이상 가까이 다가오지 않고 제자리에 멈춰섰다.

하지만 네가 싫다면……. 그럼, 내가 다 그만둘게. 어때? 그럼 다시 예전처럼 지낼 수 있어?

내가 대답하지 않자 황형주는 정말 실망이라도 한 것처럼 울상을 짓더니, 굵은 빗줄기가 내리는 창밖의 하늘을 올려다보았다. 어쩔 수 없네. 황형주가 작게 중얼거리는 소리에 갑자기 심장이 내려앉았다. 설마.

그는 말릴 새도 없이 창가로 달려갔다. 가볍게 뛰어 난간에 걸터앉은 황형주는 나를 보며 길게 입꼬리를 찢었다. 그리고 말했다.

난 이제 더 바랄 게 없어.

안녕. 그는 손을 흔들었다.

모든 것을 제자리로 돌려놓는 죽음.

황형주는 그 말을 할 때, 자신의 최후까지 정해두었던 걸까. 황형주가 결핍을 채우는 방식은 끝까지 폭력적이었고, 자기중심적이었다. 그가 원했던 내 관심, 혹은 애정 따위의 것들은 결국 얻지 못했다. 조금씩 발버둥을 치며, 물살을 가르며 올라가다가 나는 드디어 햇빛이 수면을 데우는 경계 가까이에 도달하기 직전이었다. 그러나 그 순간, 부모와 황형주의 몸뚱이가 내 위로 쏟아져 내렸고, 나는 무게를 버티지 못하고 다시 끝없이 아래로, 가라앉았다. 내가 황형주에게 줄 수 있는 건 원망밖엔 없었다. 감은 눈 사이로 황형주가 선사한 절망이 보였다. 그때 내 손을 잡는 이가 있었다. 소희였다. 그때 나는 처음으로 불행을 거부하고 싶다는 충동이 들었다. 우리의 불행에 과연 이유가 있을까. 있다면, 우리는 왜 이토록 불행해야 할까.

바다인 줄 알았던 드넓은 물조차 사실은 나의 착각이었고, 그곳은 그저 작디작은 어항이었음을 뒤늦게 알게 될 나, 그리고 우리는 이미 돌이킬 수 없는 무력함에 빠져 헤엄치지 않겠다고 선언하는, 금붕어로 변신해 있을 것이었다.

어디서부터 잘못되었는지, 이제는 그것도 모르겠다. 망상에 사로

잡힌 지금도 잘못된 상황 중 하나일 테지.

눈을 떴을 때 나는 바다에 빠지지도, 어항에 갇혀 있지도 않았다. 흐린 시야 안으로 소희가 병원 칸막이를 걷어내고 들어오는 모습이 들어왔다. 내 의식이 돌아온 걸 확인했지만 소희는 그 흔한 안도의 한숨조차 쉬지 않았다. 그러나 소희는 슬퍼하고 있었고, 나를 동정하고 있었다. 나는 소희를 느낄 수 있었다. 소희는 이미 내 안에 들어와 있었으니까.

의식할 새도 없이 눈물이 나왔다. 당황스러웠지만 갑자기 손가락 하나 까딱할 수 없을 만큼 무거운 졸음이 찾아와 눈물을 닦을 힘도 남아있지 않았다. 그러자 소희가 대신 손을 뻗어 내 눈가를 만지작댔다. 흐렸던 시야가 맑아졌다.

아아. 그래도 제 주인이라고 몸뚱어리가 꽤 기특한 일을 했구나. 이 눈물이 나를 비극적으로 돋보이게 만들어 너의 이성의 일부라도 앗아왔다면, 네가 나를 가련히 여기는 마음이 생겼다면, 그렇다면 성공적인 연극이라고 스스로를 격려할 수 정도는 되지 않을까.

나는 다시 깊은 잠에 빠져들었다. 고된 시간을 지나왔기 때문인지, 간만의 단잠이었다.

세상에서 가장 약한 남자가 된 기분은 생각보다 비참하지 않았다. 오히려 즐거운 쪽에 가까웠다.

소희에게 죽은 부모의 방을 내준 건, 오로지 나의 불안정한 정신을 안정시키려는 목적이었다. 사람이 넷이나 죽어 나간 케케묵은 집은 역설적으로 내게 위안을 주었다. 비록 그들의 모습은 보이지 않더라도 그들은 나와 영원히 함께 할 테니까. 이 집에서 나를 제외하고 유일하게 생명력을 가진 존재는 소희뿐이었다. 소희가 죽은 듯이 누워 잠을 자는 모습을 바라보면 내 정신은 안온한 상태에 들어서곤 했다. 그들과 다르게 소희는 숨을 쉬었고, 이 공간에 들어와 있는 이상 소희는 영영 호흡할 테니까. 나는 소희를 보며 생전 처음으로 영원을 기대하고, 추구하게 되었다. 그래서 소희가 잠든 사이 몰래 영원을 약속한 적도 있었다. 소희는 평생 모를 고백이었다.

폭풍이 모두 지나간 뒤, 소희와 단둘이 보내는 시간은 정말이지 즐겁고 만족스러웠다. 그러나 이렇게 지내는 것도 물론 좋지만…… 조금 따분하지 않나?

검정고시 공부를 하는 나에게 소희가 다시 밖에 나갈 계획이냐고 물었다. 나는 그렇다고 답했다. 이어서 소희가 이유를 물었다. 너 먹여 살려야지. 나는 덤덤히 대꾸했다. 진심은 아니었다. 왜? 내가 돈 대주잖아. 소희는 이해할 수 없다는 눈치였다. 조금 뒤, 소희가 작게 중얼거리는 소리가 들렸다. 그럼 난?

넌 집에 있어야지.

왜?

지겨울 정도로 의문을 품어오자 몸이 피로해졌다. 나는 한숨을 쉬며 책을 덮었다. 그러고는 침대 위에 인형같이 앉아 있는 소희에게 다가갔다.

내가 돌아오자마자 이 방에 있는 널 볼 수 있어야 하니까.

뺨에 붙은 머리카락을 뒤로 넘겨주며 귓가를 가만히 쓸어주었다. 가까이서 보니 살이 많이 빠진 것 같았다. 왜 먹고 싶다는 걸 사다 먹여도 살이 붙긴커녕 더 왜소해지는 걸까. 햇볕을 못 쬐서 그런 걸까. 나는 창가로 걸어가 커튼을 걷었다. 급작스레 들이닥친 빛에 눈가가 절로 찌푸려졌다. 소희는 눈도 제대로 뜨지 못했다. 햇빛을 받는 소희의 표정은 조금도 기뻐 보이지 않아 도로 커튼을 쳤다. 그러고는 협탁 옆에 있는 미니 냉장고에서 물을 꺼내 소희에게 건넸다.

마실래?

소희는 나를 노려보다가 이내 고개를 저었다. 이따 마셔, 물을 협탁에 올려 두고 방을 나왔다. 탁, 등 뒤로 문 닫히는 소리가 선명히 들려왔다.

밖에 나가자.

소희의 그 말을 기점으로 일어난 일련의 일들은 우리에게 미묘한 변화를 가져다주었다. 하지만 표면상으로 달라진 건 없었기 때문에 '우리'의 변화라고 확신하여 말하기엔 무리가 있었다. 적어도 나의 경우엔 말이다.

그날은 소희의 마지막 외출 날이었다. 허리를 꼿꼿이 세우지 못한 채 방 안에만 늘어져 있는 소희의 모습은 흡사 꺾인 꽃 같았다. 빛도, 물도 거부하며 소희는 침묵을 지켰다. 나 혼자서만 바깥 생활을 재개한 데에 대한 일종의 시위인 듯 보였다. 소희를 달래주기 위해 조만간 근교에라도 데리고 나갈 계획이었다. 알코올 때문에 흐려진 정신으로 눈이나 맞으러 나가는 게 아니라. 그런데도 소희는 무척이나 좋아했다.

그리고 우리는 서약을 했다. 그 기억은 술에서 깬 후에도 선명했다. 우리, 같이 천사가 되자. 잠든 내 귓가에 소희가 조곤조곤한 목소리로 속삭였다. 그에 나는 눈을 감은 채로 물었었다. 만약 약속을 어기면? 그러자 소희가 대답했다.

그럼 네가 가장 원하지 않는 방식으로 널 죽일 거야. 너도 응당 그래야 하고.

고개를 두어 번 정도 끄덕인 후 내 기억은 거기서 끝이 났다. 감각을 상실한 맨발로 어떻게든 엘리베이터를 타고 올라온 것 같았다. 한번 우스꽝스럽게 넘어진 이후, 필사적으로 태도를 정돈하려는 노력이었다. 소희 앞에서 나는 누구보다 완벽해야 한다는 강박이 곧 나의 전부였던 시절이었다.

그날은 열여덟 언저리의 어느 날 같았다. 이미 겪은 시간임에도 불구하고 앞으로 존재할지도 모르는 미래보다 더 흐리고 어슴푸레했다. 그림자조차 연기에 덮인 불확실성의 공간에서, 나는 문득 한 가지 의문을 품었다.

그런데 소희야, 너는 이미 천사잖아.

소희는 내리는 눈을 보며 어떤 생각을 했을까. 언제 내 곁을 떠날까 계산했을까. 그날부터 나는 소희가 손바닥에 닿으면 사라지는 눈송이처럼 당장이라도 사라질까 싶어 초조해졌다. 내가 학교에 갔다 온 사이 소희가 감쪽같이 사라진 이후로 내 불안감은 극심해졌다. 잠금장치를 걸어 놓지 않았어도 지금까지 소희가 자의적으로 가출을 한 적은 단 한 번도 없었기 때문에 안일했다. 어느덧 부모의 방이 아닌 소희의 방이 된 공간이었다. 굳게 닫혀 열릴 생각이 없었던 방문은 불길한 소리를 내며 몸을 흔들고 있었고, 창문이 훤히 열린 방안은 바람이 구석구석 훑고 지나가 엉망이 되어 있었다. 무엇보다도 항상 그 안에 담겨 있던 소희가 보이지 않았다.

그토록 다급했던 적이 없었다. 운동화를 신었는지, 슬리퍼를 신었는지 정확히 기억이 나지 않았다. 밟히는 대로 주워 신고 엘리베이터 버튼을 눌렀지만, 도대체 뭘 하는지 1층에서 꼼짝을 하지 않았다. 숨도 못 쉬고 계단을 뛰어 내려갔다. 집에, 소희의 집에 돌아갔을까? 방향을 틀어 택시를 잡으러 가려는데 우뚝, 발을 굳은 듯 멈췄다. 소희는 하늘을 바라보고 있었다. 생기라곤 다 죽어버려 새카맣기만 한 동공에 새파란 하늘을 담아내느라 눈이 따갑진 않을까, 하는 실없는 걱정과 함께 손의 떨림을 털어냈다. 그때, 소희가 고개를 돌렸다. 눈이 마주치자 당연한 수순처럼 내 곁에 와 섰다. 그리고 나 역시 당연하게 소희의 가느다란 팔목을 잡아 집으로 올라가고 있었다.

상실에 대한 두려움으로 울렁거리는 마음을 침과 함께 넘겨보지만, 그 잔해까지 흘려보내기엔 다소 약한 급류였다. 나는 소희의 어깨에 이마를 묻으며 무거운 침음을 삼켰다. 팔목을 세게 틀어잡는 느낌으로는 부족했다. 억제되지 못한 욕망이 결국 참지 못하고 벼려진 형태로 배출된다.

여기서 더 멀어지면 죽을 거야.

내내 바닥을 향해 있던 소희의 고개가 천천히 위로 올라왔다. 마치 그러지 말라는 듯, 다정한 침묵이 내 머리카락을 부드럽게 쓰다듬었다.

너 없으면 진짜 죽어, 나.

비겁하다고 욕을 먹어도 상관없었다. 말뿐인 협박이 아닌 진심이기 때문이었다. 소희가 좋아하는 내 손가락을 절단 내서라도 나는 영원히 소희가 불쌍히 여기는 소년으로 남을 생각이었다. 날 혐오하는 눈빛을 받아보는 것도 분명 색다른 경험일 테지. 하지만 이왕이면 나를 바라보는 네 눈빛은 맑고 깨끗하기만 하면 좋겠어. 그래야 네 안에 들어 있는 내 모습이 티끌 없이 잘 보이니까.

더군다나, 우리의 약속이 건재하는 이상 소희는 내 죽음을 막아야 할 의무가 있었다. 만약 내가 약속을 깨는 순간이 온다면, 그 앞엔 당연히 소희를 세워 둘 생각이었다. 나는 자조했다. 하지만 후회는 하지 않았다. 곧 그 순간이 오겠지.

나를 혐오하는 소희의 눈빛도 달콤할 거라는 예상은 완전히 빗나갔다. 소희가 울었고, 울면서 내가 죽도록 싫다고 했다. 내가 그 말을 듣자마자 취한 행동은 소리를 지르는 것도, 무릎을 꿇으며 애원하는 것도 아니었다.

갈 거야?

나는 언젠가부터 소희가 내게 이별을 고하는 순간을 상상해 왔던 것 같다. 내가 소희를 망쳤다는 사실을 외면하고 싶었을 뿐이었다.

내 뺨을 후려칠까, 아니면 아무런 말도 남기지 않고 자취를 감출까. 여러 가지 경우를 떠올렸지만, 그 많은 상상 가운데 소희가 운다는 선택지는 없었다. 나는 이렇게 또 한 번 소희를 아는 데 실패하고 말았다.

응, 갈래.

소희는 눈물이 맺힌 속눈썹을 내리깔며 작게 말했다. 나는 마지막까지 그 모습을 견딜 수가 없어 소희의 턱을 잡아 올렸다.

나 보고 확실히 말해. 갈 거야?

흔들림 없이 나를 직시하는 눈빛은 마치 칼날 같아서 금방이라도 내 눈을 찌를 듯한 착각이 일었다. 나는 두 눈을 감았고, 마침내 끝을 알리는 목소리에 집중했다.

응.

그녀는 제 손으로 끊어낸 재앙을 나에게 고스란히 넘기고 떠났다. 나는 받아들이는 방법밖에 알지 못했다.

내가 소희를 다시 찾아온 건 불가항력이었다. 우리가 함께 한 시간은 4년이 넘었고, 그 시간 동안 나에게 있어서 가장 큰 자극이자 안정은 소희였기 때문에 새로운 무언가를 찾아야겠다는 의욕조차 없었다. 하루하루가 지루하고 무의미했다. 죽으려고 마음을 먹었다면 못 할 것도 없었다. 어쩌면 소희는 나를 힘껏 도와주려 했던 걸지도 몰랐다. 소희의 곁을 떠나서 나는 비로소 혼자가 될 수 있었으니까. 소희는 약속을 지켰고, 동시에 나에게 천사가 될 기회를 준 셈이었다. 그러나 알다시피, 나는 평화를 선택하지 않았다. 사실을 말하자면 평화를 운운할 겨를이 없었던 것이었지만.

돌아가고자 한 나에게 소희가 내건 조건은 세 가지였다. 첫째, 내가 가진 죄책감을 가시적인 형태로 내놓을 것. 둘째, 상처받은 영혼을 위해 정신적 보상을 해줄 것. 셋째, 어떠한 행동을 하더라도 받아들일 것. 정확한 의미를 알 수도 없었고, 절대적으로 나에게 불리한 조건이었지만, 나는 아무래도 좋았다. 어떻게 해서도 소희의 옆에 붙어 있을 수만 있다면, 나에게 드밀어진 불공정 계약에 대한 합리적인 사고는 내던질 각오가 되어 있었기 때문이다.

우리는 헤어질 수 없는 사이가 된 거네. 소희는 흐리게 웃으며 그런 말을 했다. 그러네. 나는 천사의 품에 안겨 우리가 새로 정립한 관계를 속으로 몇 번씩이나 되뇌며 만족해했다.

어느 날, 나는 우연히 닿을 수 없었던 존재와 닿았다. 닿았고, 만졌으니, 가지고 싶다는 욕심이 생기는 건 당연했다. 나는 천사가 아니라, 사람이었으니까.

지극히 인간적인 사유로부터 내 소유욕은 시작된 것이었다.

겨울과 봄을 지나 다시 여름이 되었다. 진득한 땀이 피부 곳곳에 스며드는 날의 연속이었다. 나의 여름은 거기에 약간의 초조함을 얹으면 완성된다. 우리의 언약이 유지되는 이상 그럴 일은 생기지 않을 거라는 걸 잘 알고 있으면서도 나는 항상 우리의 죽음을 주시하고 있었다. 그건 다시 돌아온 나에게 소희가 부여한 책임 중 일부였다. 내가 그랬던 것처럼, 소희는 그녀 자신의 목숨을 인질 삼아 나를 괴롭혔다. 소희가 수영에 능한 사람이라는 걸 알면서도 그녀를 구하기 위해 물속으로 뛰어든 건, 소희가 원했기 때문이었다. 내 행위에서 합리적인 이유를 찾지 않게 된 건 무의식적으로 몸을 움직여야만 그녀의 모든 소원을 들어줄 수 있음을 깨달은 이후부터였다.

소희가 말간 눈을 하고서 내 쪽으로 손바닥을 내밀었다. 손바닥 위에는 흰색의 알약이 가지런히 놓여 있었다. 어제보다 두 개가 늘었다. 나는 손톱을 세워 다섯 개의 알약들을 모두 끌어와 입안에 털어 넣었다. 바싹 메마른 목구멍으로 그것들이 힘겹게 넘어갔다. 소희가 물을 건네주었지만, 못 본 척 고개를 돌리며 침대에 누웠다. 소희도 옆에 와서 누웠다. 오늘은 긴 밤이 될지, 짧은 밤이 될지, 혹은 영면의 밤이 될지 고민하며 까무룩 잠이 들었다.

잠든 자세 그대로 눈을 떴을 때는 사흘이 지나 있었다. 소희는 옆에 없었다. 빈속에 수면제를 털어놓은 탓에 위장이 뒤틀리는 듯한 기분이 들었다. 먹은 게 없으니 텅 비어 있을 게 분명한데, 꾸역꾸역 뭐라도 역류해야겠다는 의지가 새삼 대단하게 느껴졌다. 입을 틀어막고 화장실로 달려가 구역질을 했다. 한참을 그러다가 입을 닦고 나가려는데 어느샌가 소희가 문가에 기대어 서 있었다. 아무것도 느껴지지 않는 소희의 시선에 다시 토기가 치밀었다.

이번엔 진짜 죽을 수도 있었어.

날 두고?

소희는 나를 불사의 존재쯤으로 여기는 모양이었다. 그리고 자신은 그 존재를 만든 창조주라도 된 마냥 모든 일이 자신의 의지에 따라 결정된다고 믿었다. 악의 한 톨 없이 순수하게 치뜬 저 눈동자는 그리 말하고 있었다. 그에 나는 참고 참았던 울분을 담아 물었다.

도대체 이러는 이유가 뭐야?

소희는 곧장 대답하지 않았다. 마치 이제야 행동의 이유를 찾아보는 것처럼, 소희는 진지한 얼굴이 되었다. 고민 끝에 소희가 답했다.

그냥 네가 괴로워했으면 좋겠어. 그리고 그 고통에 길들어져서 다시는 내 곁을 떠날 생각 따위 못하게 만들고 싶어.

허탈감을 느낄 필요도, 실은 구태 물을 필요도 없는 일이었다. 돌고 돌아 결국 모든 일은 내가 자초했다는 결론에 도달하게 되니까. 견디다 못해 도망가고 싶어져도, 나는 결국 여기로 돌아올 것이다. 이유는 알지 못한다. 이유 없이 끌려오는 게 바로 불가항력이 아닌가.

차라리 심장을 꺼내서 보여줘, 라고 소희가 요구했다면 나는 한 치의 망설임 없이 심장을 도려내 건넸을 것이다. 그러나 소희는 나한테 죄책감을 꺼내서 보여달라 말했다. 그건 쉬우면서도 어려운 일이었다. 소희가 원하는 모든 일을 조금의 의문도 제기하지 않고 해내기만 하면 되지만, 대신 그 일들을 해내면 내 심장이 한 움큼씩 떨어져 나가기 때문이다. 그 고통을 감내하는 일이 내게 주어진 또 다른 책임이었다. 고통을 최소화하는 방법은 순응뿐이다. 그러나 순응은 다시 심장을 잘라내고, 통증은 반복된다. 이게 바로 내가 선고받은 벌이었다.

다시 만난 소희는 확실히 예전과는 다른 모습이었다. 생기를 되찾은 대신 여유를 잃었다. 소희는 항상 조급해 보였다. 무엇이 그 뒤를 쫓고 있는지는 소희만 알 터였다. 한 가지 확실한 건, 소희는 아버지가 살해당한 날보다도 지금이 더욱 불행하다는 것이었다. 그리고 나는 그런 소희의 불행에 일조했기 때문에 소희의 광적인 욕구를 이해해야만 했다. 이게 바로 나에게 주어진 마지막 책임이었다. 소희는 나를 통해 끊임없이 본인을 확인하고자 했다. 소희에게 새로 생긴 강박의 한 종류이기도 했다.

너는 나한테 정제된 것들만 줘야 해. 한참을 고르고, 정돈된 형태로 선물해 줘. 정제된 언어로 만들어진 꽃다발, 그걸 받을 수 있다면 난 더없이 기쁠 거야, 윤우야.

소희는 내 무너짐을 눈으로 직접 확인하고 싶어 했고, 흐트러진 내 모습에 집착했다. 그러나 동시에 정제된 형태에 대한 열망도 심해졌다. 내 몸과 정신은 철저히 무너져야 하지만, 그녀에게 가지고 갈 모든 것들은 반듯하고 단정해야 했다. 소희는 잠시 떨어져 있던 시간 동안 내가 무탈하게 일상을 보냈을 거라 짐작하는 눈치였다. 사실은 전혀 아니었는데도. 그러나 내가 정돈된 모습으로 있는 걸 소희가 그토록 싫어하게 된 이상, 나는 흙탕물이든 바닷물이든 스스로 뛰어들지 않으면 안 됐다. 소희의 가학성이 온통 나에게로 향한 이유를 기억해야 했다.

그 말은 내 머릿속 깊은 곳에까지 새겨져서 어떤 것으로도 지워지지 않았다. 녹슨 바늘로 아무렇게나 모양을 낸 것처럼, 어떤 날에는 머리 전체가 따끔거리고 부어오른 느낌이 들었다. 어쩌면 바늘이 아니라 잘 벼려진 칼날로 낸 상처였을 가능성도 없지 않았다. 그러나 그 상처를 낸 손의 주인이 소희라면, 뇌에서 흘러내리는 물은 뇌수나 피 따위가 아니라 향긋한 과즙일 게 분명했다.

그러니까 내 말은, 끝내 소희를 미워할 수는 없었다는 의미다. 통제하던 삶이 통제받는 삶으로 바뀌었어도 괴롭기만 하지는 않았다는 뜻이다. 그 모든 걸 차치하더라도.

나의 사랑스러운 백희야, 너는 내 기쁨(喜)이야.

윤우야, 사실 나는 네가 천사가 되지 않았으면 했어. 천사가 된 너는 나 같은 건 두고 훨훨 떠나버릴 게 분명했으니까.

우리는 서로가 서로의 영원이길 바랐지만, 불행의 신체에서 길러진 탓에 불행을 빼놓지 않고서는 평생을 약속하는 방법을 알지 못했다. 나는 내가 인형이 되고, 감정을 잃는 와중에 눈물을 터뜨리고, 너를 죽이고 싶다 말하고, 끝내 도망가는 척을 하는 것 이외에는 널 붙잡아 둘 전략을 떠올리지 못했다. 시간이 흘렀지만 나는 서툴기만 했다. 차라리 내가 열일곱 살이고, 네가 열여덟 살일 때 더욱 성숙했던 것 같다. 어른이 된다는 건, 욕심낼 게 더 많아지고, 그 욕심을 내려놓지 못하는 일을 미련이라 부른다는 걸 이해하지 못한다는 의미다. 거쳐 온 시간이 길어지는 만큼, 그간 쌓인 기억을 철저히 외면할 수 있는 용기를 가지지 못한다는 뜻이기도 하다.

나는 조금도 괴롭지 않았다. 너는 이미 너의 희생을 먹고 무럭무

럭 자라나고 말았지만, 이게 나의 유일하도록 깨끗한 진심이었다. 이런 게 사랑이라면, 어쩌면 나도 가능할지 몰라.

우리는 어떤 존재가 될까. 서로를 벗어났을 때 어떤 존재로서의 정체성을 가지게 될까. 물기가 가득한 바닥에 하체를 눕히고, 죄스러울 만치 뜨거운 윤우의 가슴에 상체를 안겨 놓고, 빳빳한 고개는 하늘을 향해 치켜들게 한다. 회청색으로 칠해진 그곳에 곧 미지근한 온수가 부어진다. 먹구름은 경계선이 된다. 구름과 구름 사이를 무언가 자유롭게 유영하기 시작한다. 날씨가 흐린 탓에 처음에는 잘 보이지 않다가, 눈을 게슴츠레 뜨고 있으니 동공에 점점 형체가 다가와 맺힌다.

붉은 비늘과 새하얀 지느러미가 매혹적인 금붕어다. 빗물이 내리기 전 하늘은 완전히 그들의 천국이었다. 죽기에는 아직 모든 조건을 갖추지 못했다. 나는 그 애의 귓가에 속삭인다.

옳지, 잘했어.

당신이 생각하는 평화로운 죽음은 무엇인가? 누군가 묻는다면 과거의 윤우는 홀로 고요할 수 있는 안식이라 말했다. 그러나 현재의 윤우는 전혀 다른 답변을 했다. 평화로운 죽음 같은 건 없어. 죽음 같은 평화는 있을지언정. 윤우는 허공의 누군가가 듣기를 바라며 중얼거렸다.

잠에서 깬 윤우는 여느 때와 달리 머릿속이 소름 끼치도록 잔잔
하다는 걸 깨닫는다. 파도가 마침내 모두 걷히고 바닷물은 말랐다.
일생에 단 한 번 찾아오는 아주 찰나의 정지 상태였다. 윤우는 몸
을 벌떡 일으켜 옆에서 곤히 잠든 소희를 흔들어 깨웠다. 졸음기
어린 눈동자의 장막이 열린다. 완전히 개방된 장막 안을 면밀히 살
펴보던 윤우는 소희 역시 놀랍도록 맑은 정신을 소유하게 되었음
을 알게 된다. 윤우는 천진난만하게 웃으며 말했다.
 약속을 갱신할 때가 된 것 같아.
 소희는 여느 때처럼 물끄러미 바라보고만 있었다. 그러나 여느
때와는 달리 긍정적인 침묵이었다.
 우리의 최종 목표는 정갈하게, 그리고 양호하게 죽는 거야. 목표
를 이루기 전까지는 너와 나 누구도 먼저 죽어선 안 돼. 평생을 사
는 한이 있더라도.
 누군가는 이제 소희에게 대답을 요구했다.

 우리는 겁쟁이였기 때문에 이토록 무모한 맹약을 저질렀다.

나는 그때 죽었어야 했어. 널 사랑하지 않을 때, 약이라도 털어 넣어서 그때 죽었어야 했다고. 널 사랑한 뒤로 내 죽음은 어떻게 해도 불명예스러운 것이 되어버려서, 더 이상 죽음을 꿈꾸지도 못해.

글쎄. 넌 날 동정한 게 아닐까? 너의 불행과 저울질할 수 있는 불행을 가진 아이를 가엾게 여긴 것뿐이었지. 어쩌면 너에게 유일하게 닿을 수 있는 남자애에 대한 동경이었을 수도.

너는 날 동정한 적이 없어?

없었어. 그건 단언해.

그럼 네 감정의 이름은 뭔데?

사랑.

차마 삼킬 수 없었던, 추악하고 냄새나는 사랑이었다고, 내 나름의 순애였다고 말해도 될까.

근데 나, 이제 사랑하는 사람이랑 죽고 싶어졌어.

알고 있어.

그리고 내가 떠나도 너는 결코 죽지 않을 거란 것도. 왜냐하면, 네가 사랑할 수 있는 사람은 나밖에 없을 거니까. 윤우는 속으로 확신했다.

소년은 마지막 순간에 이르러서야 소희의 전부를 아는 데 성공했다. 아이처럼 기뻐하는 소년을, 소희는 보내줄 수밖에 없었다. 술래가 찾으려는 의욕을 상실했기 때문에, 숨바꼭질은 평생 끝나지 않을 터였다. 축하해, 라고 말한 건 이 유희에서 승리는 술래에게로 돌아갈 것을 예견했기 때문이다.

소년이 떠난 자리에는 어떤 물질적인 것도 남지 않았지만, 그가 약속을 어기지 않았다는 최소한의 징표만이 부표처럼 떠돌고 있었다. 그건 소년이 천사와 마찬가지로 끝내 삼키지 못한 것이었지만, 다만, 이미 한번 그에게 들어갔다가 나온 것이기도 했다.

그는 쓴 걸 삼키고 단 걸 뱉었다. 그건 그에게 유일하게 남아 있던 기쁨이었을 지도 모른다.

소희는 그가 새로 물을 채워준 어항 속에서 유유히 살아갔다. 마치 금붕어처럼.

모노톤 하트
밤산책가 동네문예지 5호

초판 1쇄 발행 2023년 08월 24일

글 이시찬, 김효찬, 최현옥
편집장 정한나
펴낸이 조승래
펴낸곳 밤산책가
디자인 장예슬
출판진 양영선, 문세연, 강나연, 정서윤
출판등록 제2021 - 000001호
주소 광주광역시 북구 서하로 194번길 15
연락처 yeosu115@naver.com

ⓒ밤산책가

ISBN 979-11-974185-5-6
ISBN 979-11-974185-0-1 (세트)

본 행사는 ⬤ 행정안전부와 광주광역시의 [2023년 청년공동체 활성화 사업]으로 진행합니다.